CLÁSSICOS DA
LITERATURA UNIVERSAL

A metamorfose

O livro é a porta que se abre para a realização do homem.

Jair Lot Vieira

Kafka
A metamorfose

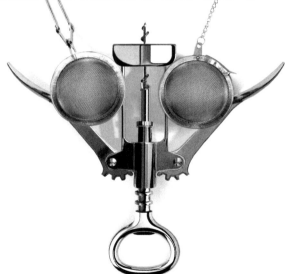

VIA LEITURA

Franz Kafka

A metamorfose

Tradução
Christina Wolfensberger

VIALEITURA

Copyright da tradução e desta edição © 2017 by Edipro Edições Profissionais Ltda.

Título original: *Die Verwandlung*. Escrito em 1912 e publicado originalmente em Leipzig, Alemanha, em 1915, por Kurt Wolff Verlag. Traduzido a partir da primeira edição.

Todos os direitos reservados. Nenhuma parte deste livro poderá ser reproduzida ou transmitida de qualquer forma ou por quaisquer meios, eletrônicos ou mecânicos, incluindo fotocópia, gravação ou qualquer sistema de armazenamento e recuperação de informações, sem permissão por escrito do editor.

Grafia conforme o novo Acordo Ortográfico da Língua Portuguesa.

1ª edição, 2ª reimpressão 2023.

Editores: Jair Lot Vieira e Maíra Lot Vieira Micales
Coordenação editorial: Fernanda Godoy Tarcinalli
Produção editorial: Carla Bitelli
Edição de texto: Denise Gutierres Pessoa
Assistência editorial: Thiago Santos
Preparação: Juliana Welling
Revisão: Lucas Puntel Carrasco e Thiago Santos
Editoração eletrônica: André Stefanini
Capa: André Stefanini

Dados Internacionais de Catalogação na Publicação (CIP)
(Câmara Brasileira do Livro, SP, Brasil)

Kafka, Franz, 1883-1924.
    A metamorfose / Franz Kafka; tradução de Christina Wolfensberger. – São Paulo: Via Leitura, 2017.
    Título original: Die Verwandlung.
    ISBN 978-85-67097-45-9 (impresso)
    ISBN 978-65-87034-05-8 (e-pub)
    1. Ficção alemã. I. Wolfensberger, Christina Maria. II. Título.

17-03146   CDD-833

Índice para catálogo sistemático:
1. Ficção : Literatura alemã : 833

VIA LEITURA

São Paulo: (11) 3107-7050 • Bauru: (14) 3234-4121
www.vialeitura.com.br • edipro@edipro.com.br
@editoraedipro   @editoraedipro

A metamorfose

1

Certa manhã, quando Gregor Samsa despertou de sonhos inquietos, viu-se em sua cama metamorfoseado em um inseto monstruoso. Deitado sobre as costas duras como uma carapaça, assim que ergueu um pouco a cabeça avistou sua barriga abobadada, marrom, rija, dividida em arcos, sobre a qual o cobertor mal se mantinha, quase deslizando por completo. As pernas fininhas, contrastando com o resto do corpo volumoso, balançavam indefesas e sem rumo diante de seus olhos.

"Que aconteceu comigo?", pensou. Não era um sonho. Seu quarto, verdadeiro quarto de ser humano, só um pouco pequeno demais, permanecia inalterado entre as quatro velhas e conhecidas paredes. Em cima da mesa, onde jazia exposto, desembrulhado, um mostruário de tecidos – Samsa era caixeiro-viajante –, havia um quadro, uma imagem recentemente recortada por ele de uma revista e posta numa bela moldura dourada. Representava uma dama sentada, ereta, munida de chapéu e estola de pele e que exibia ao espectador um pesado regalo de pele que escondia todo o seu antebraço.

O olhar de Gregor dirigiu-se então à janela; o tempo encoberto – dava para ouvir as gotas de chuva batendo no metal da esquadria – deixou-o melancólico de vez. "E se eu continuar a dormir mais um pouco e esquecer todas essas doidices?", ele pensou, mas isso era quase impraticável, pois estava acostumado a dormir sobre o lado direito, e no estado em que se encontrava não conseguia deitar nessa posição. Não importava com que força se jogasse para o lado direito, sempre acabava balançando de volta para a posição de costas. Tentou umas cem vezes, fechando os olhos para evitar ver as pernas que bamboleavam, e só desistiu quando começou uma dor lateral leve e abafada que ele nunca havia sentido. "Ah, meu Deus", pensou, "que profissão mais extenuante essa que escolhi! Todo dia viajando. As tensões provocadas pelo trabalho são bem maiores do que as que se tem no comércio local, além de ter que suportar a praga de viajar e ainda a preocupação com as conexões dos trens, a comida ruim e fora de hora e o contato humano sempre sem continuidade, que nunca se torna caloroso. Para o diabo com tudo isso!" Sentiu uma leve coceira na parte de cima da barriga; devagar, foi se empurrando com as costas para perto da cabeceira da cama, a fim de levantar melhor a cabeça. Achou o local que coçava, cheio de pontinhos brancos que não conseguia decifrar, e tentou tocar o ponto com uma perna, recolhendo-a imediatamente, pois o toque deu-lhe calafrios. Voltou para a posição inicial. "Esse negócio de acordar cedo", pensou, "deixa a gente completamente abestalhado. O homem precisa do seu sono. Outros caixeiros-viajantes vivem como mulheres no harém. Às vezes, por exemplo, quando volto para a pousada durante a manhã para copiar os pedidos feitos, esses senhores estão à mesa para o café da manhã. Eu devia experimentar fazer isso com meu chefe: seria demitido na hora. Por sinal, quem sabe isso não seria muito bom para mim. Se não me segurasse por causa dos meus pais, já teria pedido as contas há muito tempo. Já teria comparecido diante do meu chefe e dito a ele o que penso do fundo do coração. Ele cairia da escrivaninha! Aliás, que maneira estranha de sentar-se à escrivaninha e conversar de cima para baixo com o funcionário, que devido à surdez do chefe precisa aproximar-se bastante. Bem, ainda há esperança; assim que eu tiver juntado todo o dinheiro necessário para pagar a dívida dos meus pais com ele – estimo que demore

9

mais uns cinco ou seis anos –, aí, sem falta, tomo uma atitude. Então darei o grande passo. No momento, porém, tenho que me levantar, o trem sai às cinco horas."

E olhou para o despertador, que fazia tique-taque em cima do armário. "Pai do céu!", considerou. Eram seis e meia, e os ponteiros seguiam adiante sem se abalar; já tinha até passado da hora e meia, já se aproximava dos três quartos de hora. O despertador não devia ter tocado? Da cama se via que ele estava programado corretamente para as quatro horas; com certeza havia tocado. Sim, mas seria possível perder a hora tranquilamente com esse toque de fazer tremer os móveis? Bem, seu sono não fora tão tranquilo, mas em compensação tinha sido bem mais profundo. E agora? O que devia fazer? O próximo trem partia às sete horas; para alcançá-lo, ele teria que se apressar absurdamente. O mostruário nem estava empacotado, e ele mesmo não se sentia nem revigorado nem com a mobilidade necessária. Mesmo que conseguisse pegar o trem, a fúria do chefe era algo incontornável, pois o contínuo do escritório esperara por ele no trem das cinco horas e já reportara sua ausência há tempos. Que criatura, esse empregado do chefe, sem caráter e sem compreensão. E se ele anunciasse que estava doente?

Seria tremendamente constrangedor e suspeito, porque nesses cinco anos de trabalho Gregor não ficara doente nem uma vez sequer. Com certeza o chefe viria com o médico do serviço de saúde a sua casa, faria acusações aos pais por causa do filho preguiçoso e rejeitaria qualquer objeção com o suporte do médico, para quem de qualquer forma só existem pessoas absolutamente saudáveis, mas avessas ao trabalho. E será que nesse caso específico ele estaria errado? Tirando uma certa sonolência ocasionada pelo sono prolongado, Gregor se sentia muito bem, inclusive com uma fome tremenda.

Enquanto ele pensava nisso tudo rapidamente, sem poder se decidir a sair da cama – o despertador acabara de tocar, às 6h45 –, bateram com cuidado na porta perto da cabeceira.

"Gregor", chamaram – era a mãe –, "são quinze para as sete. Você não ia viajar?" Essa voz suave! Gregor assustou-se ao ouvir a própria voz respondendo, sem dúvida a mesma de antes, mas agora misturada com um piado abafado e doloroso que vinha lá de dentro, deixando as palavras saírem claras no início para depois destruí-las de tal forma que ninguém sabia mais se as tinha ouvido direito. Gregor queria ter podido responder de maneira clara e explicar tudo, mas nessas circunstâncias limitou-se a dizer: "Sim, certo, obrigado, mãe, já vou levantar". Seguramente a porta de madeira impedia quem estava do lado de fora de perceber a alteração na voz de Gregor, pois a mãe deu-se por satisfeita com sua explicação e saiu arrastando os pés. Contudo, através desse curto diálogo os outros membros da família ficaram cientes de que, ao contrário do que se esperava, Gregor ainda estava em casa. Logo em seguida veio o pai bater na porta lateral, de leve, mas com o punho: "Gregor! Gregor!", chamou. "O que está acontecendo?" E, após uma pequena pausa, mais uma vez, agora com voz mais grave: "Gregor! Gregor!". Na porta do lado oposto, a irmã suplicava baixinho: "Gregor? Você não está bem? Precisa de alguma coisa?". Gregor respondeu em ambas as direções: "Já estou pronto", esforçando-se para tirar toda estranheza de sua voz, com a pronúncia mais cuidadosa possível e longas pausas entre as palavras. O pai voltou para seu café da manhã; a irmã, no entanto, sussurrou: "Gregor, abra a porta, eu te peço". Gregor, porém, não tinha a menor intenção de abrir, e dava graças por ter se acostumado nas viagens a tomar o cuidado de trancar todas as portas durante a noite, mesmo em casa.

Antes queria se levantar sem afobação e sem ser interrompido, vestir-se e principalmente tomar o café da manhã; só então refletiria sobre o resto. Percebeu que permanecendo na cama, mergulhado em pensamentos, sem dúvida não chegaria a nenhuma conclusão razoável. Lembrou-se de já ter sentido com frequência alguma dor leve na cama, talvez ocasionada por ter se deitado de mau jeito, e que depois, ao se levantar, revelara-se mera sugestão. Estava ansioso para saber como as impressões daquele dia se dissipariam aos poucos. Não tinha a menor dúvida de que a alteração em sua voz nada mais era que o prenúncio de um forte resfriado, enfermidade profissional dos caixeiros-viajantes.

Tirar a coberta foi bem simples; precisou apenas estufar-se um pouco, e ela caiu sozinha. Mas todo o resto foi difícil, sobretudo por ele ser tão tremendamente largo. Gregor precisaria ter braços e mãos para se levantar. Em vez disso, tinha apenas aquelas inúmeras perninhas que se moviam continuamente nas mais variadas direções e sobre as quais ele não tinha o menor controle. Quando queria dobrar uma delas, era essa a primeira a se esticar, e, quando conseguia o que queria com essa perna, as demais trabalhavam ao mesmo tempo como se estivessem livres, num frenesi intenso e doloroso. "Tudo, menos ficar na cama como um inútil", Gregor disse a si mesmo.

Tentou sair da cama primeiro com a parte inferior do corpo, mas essa parte de baixo, que por sinal ele ainda não tinha visto e não tinha ideia exata de como era, provou ser muito pouco flexível. Tudo isso demorava muito. Quando afinal, já quase insano, reuniu suas forças e, sem qualquer consideração, lançou-se num ímpeto para a frente, escolheu a direção errada e bateu violentamente no encosto dos pés da cama. A dor aguda que sentiu ensinou-lhe que talvez justo a parte inferior de seu corpo fosse a mais sensível.

Tentou então tirar primeiro a parte superior do corpo, virando a cabeça com cuidado na direção da borda da cama. Conseguiu fazê-lo sem esforço, e apesar da largura e do peso a massa corpórea finalmente começou a se mover vagarosa na mesma direção da cabeça. Quando, por fim, a cabeça já pendia livre no ar para fora da cama, o medo de continuar tentando desse jeito o dominou, pois seria um milagre não machucar a cabeça se ele simplesmente se deixasse cair. Não podia desmaiar agora por nada deste mundo; preferia permanecer na cama.

Mas ao cabo de tamanho esforço, suspirando, continuava largado na mesma posição de antes. Olhando outra vez suas perninhas que se digladiavam entre si, sem chance de impor paz e ordem a essa arbitrariedade, repetiu para si mesmo que era impossível continuar deitado. Achava que era sensato arriscar tudo se tivesse a mínima esperança de se desvencilhar da cama. Ao mesmo tempo, não esqueceu de lembrar, de vez em quando, que muito melhor que tomar decisões desesperadas era refletir com total, e mesmo com a máxima, serenidade. Nesses momentos fixava o olhar agudo na direção da janela, no entanto era difícil sentir um pouco de confiança e coragem encarando a neblina matutina que cobria até o outro lado da rua estreita. "Já são sete horas", disse a si mesmo ao ouvir o despertador soar outra vez. "Sete horas, e ainda tanta neblina." Ficou um tempinho quieto, deitado, com a respiração fraca, como se esperasse do silêncio completo a volta ao estado real e à normalidade.

Mas aí refletiu: "Até o relógio dar 7h15, preciso ter saído da cama por inteiro. A propósito, até lá alguém do escritório já estará aqui para perguntar por mim, já que o escritório abre antes das sete horas". Pôs-se então a chacoalhar o corpo em toda a sua extensão, simultaneamente, para fora da cama. Se ele se deixasse cair assim, a cabeça, que durante a queda pretendia manter bem erguida, permaneceria ilesa. As costas davam a impressão de ser duras; com elas não aconteceria nada quando tombasse sobre o tapete. Sua maior preocupação era com o barulho estrondoso que haveria, causando susto ou no mínimo uma inquietação naqueles que estavam atrás de todas as portas. Mas era preciso correr o risco.

Quando Gregor já estava pendurado pela metade – o novo método parecia mais uma brincadeira que um esforço, só precisava se balançar sem parar –, percebeu que tudo seria mais fácil se alguém o ajudasse. Duas pessoas fortes – pensou no pai e na empregada da casa – dariam conta. Teriam apenas que passar seus braços por debaixo das costas abauladas, tirá-lo desse jeito da cama, curvar-se com o peso e resistir até ele conseguir virar o corpo com todo o cuidado e se apoiar no chão, onde tinha fé que as pernas fariam algum sentido. Tirando o fato de que as portas estavam trancadas, será que ele devia mesmo chamar por socorro? Apesar da situação urgente, não conseguiu evitar um sorriso ao pensar nisso.

Chegara a um ponto em que, com uma balançada mais forte, mal conseguiria manter o equilíbrio. Muito em breve teria que decidir de uma vez por todas, pois em cinco minutos seriam 7h15. Foi quando a campainha do apartamento tocou. "É alguém do escritório", pensou, quase paralisado, enquanto suas perninhas dançavam cada vez mais ligeiras. Por um momento o silêncio foi total. "Eles não vão abrir", disse a si mesmo, apegado a uma esperança absurda. Mas a empregada, como de costume, se aproximou com passos firmes e abriu a porta. Gregor precisou ouvir apenas a primeira saudação do visitante para saber de quem se tratava: era o gerente em pessoa. Por que será que Gregor estava condenado a trabalhar em uma firma onde o menor deslize despertava as piores suspeitas? Seriam todos os funcionários uns salafrários? Será que não haveria entre eles nenhuma pessoa fiel, produtiva, que, mesmo não tendo dedicado algumas horas matinais para a empresa, tenha ficado quase louca de remorso e além disso não estivesse em condições de sair da cama? Não teria sido suficiente mandar um estagiário averiguar o que houve, caso tal averiguação fosse mesmo necessária? Precisava o gerente comparecer em pessoa, e com isso mostrar para toda a família desavisada que a investigação sobre esse assunto suspeito só poderia ser confiada ao discernimento do gerente? Mais pela excitação causada por essa reflexão que por uma decisão propriamente dita, Gregor precipitou-se com toda a força para fora da cama. Houve uma batida forte, mas nenhum estrondo. A queda foi um pouco abafada pelo tapete, e as costas se revelaram também mais elásticas do que Gregor imaginara, por isso o barulho não foi significativo. No entanto, ele não tomou tanto cuidado assim com a cabeça, que acabou batendo. Ele a virava para um lado e para o outro, esfregando-a no tapete, com raiva e dor.

"Caiu alguma coisa ali dentro", comentou o gerente no quarto do lado esquerdo. Gregor ficou imaginando se alguma vez o gerente teria passado por algo semelhante ao que acontecera com ele hoje. Havia essa possibilidade. Como que respondendo a essa pergunta secamente, o gerente no quarto ao lado deu alguns passos resolutos, fazendo ranger suas botas de verniz. Do quarto do lado direito, a irmã sussurrava, avisando: "Gregor, o gerente está aqui". "Eu sei", disse o rapaz para si, mas não se atreveu a elevar a voz a ponto de a irmã poder ouvir.

"Gregor", agora era o pai, do quarto à esquerda, "o gerente veio saber por que você não foi no trem da manhã. Não sabemos o que dizer a ele. Aliás, ele quer falar com você pessoalmente. Então faça o favor de abrir a porta. Ele vai fazer a gentileza de não reparar na bagunça." "Bom dia, senhor Samsa", chamou o gerente, gentil. "Ele não está passando bem", disse a mãe ao gerente, enquanto o pai, ainda à porta, continuava falan-

18

do. "Ele não está passando bem, acredite, senhor gerente. Por que outra razão Gregor perderia o trem? Pois o garoto não tem outra coisa na cabeça a não ser a empresa. Quase fico irritada porque ele nunca sai à noite. Há pouco tempo Gregor esteve oito dias na cidade, e no entanto passou todas as noites em casa. Aí fica sentado conosco à mesa, quieto, lendo o jornal ou estudando os horários dos trens. Ocupar-se com a marcenaria já é uma distração para ele. Por exemplo, ao cabo de duas ou três noites ele talhou uma pequena moldura. O senhor vai se espantar de ver como é bonita; está pendurada lá no quarto. O senhor vai vê-la assim que Gregor abrir a porta. Aliás, fico contente que o senhor esteja aqui, senhor gerente. Nós, sozinhos, não teríamos conseguido que Gregor abrisse a porta. Ele é tão teimoso, e não está passando bem, mesmo tendo negado isso de manhã." "Já vou", disse Gregor pausadamente, com cuidado, sem se mexer para não perder nem uma palavra da conversa. "De outra maneira, minha senhora, eu também não entenderia", respondeu o gerente. "Espero que não seja nada sério. Se bem que preciso dizer que nós, homens de negócios – feliz ou infelizmente, como queira –, muitas vezes temos simplesmente que engolir um leve mal-estar em nome do trabalho." "Então, o gerente pode entrar?", perguntou o pai, impaciente, batendo de novo à porta. "Não", disse Gregor. No quarto à esquerda, fez-se um silêncio constrangedor; no quarto à direita, a irmã começou a soluçar.

Por que será que a irmã não ia ter com os demais? Com certeza tinha acabado de se levantar e nem começara a se vestir ainda. E por que será que estava chorando? Por que Gregor não se levantava nem deixava o gerente entrar, por que corria o risco de perder o emprego e por causa disso o chefe voltaria a perseguir seus pais com as antigas cobranças? Eram, pois, preocupações desnecessárias no momento. Gregor continuava aqui, e não tinha a menor intenção de abandonar a família. Agora estava deitado no tapete, e ninguém que tivesse conhecimento de seu estado atual teria esperado a sério que ele permitisse a entrada do gerente. Mas, devido a essa pequena indelicadeza, para a qual mais tarde se acharia logo uma desculpa conveniente, Gregor não podia ser demitido de imediato. Parecia-lhe muito mais sensato que agora o deixassem em paz em vez de molestá-lo com choros e conselhos. No entanto era a incerteza que pressionava e desculpava o comportamento dos demais.

"Senhor Samsa", clamou o gerente em voz alta, "o que está acontecendo? O senhor se entrincheirou no quarto, responde apenas com 'sim' e 'não', deixa seus pais seriamente preocupados à toa e – diga-se de passagem – falha com suas obrigações profissionais de modo vergonhoso. Falo em nome de seus pais e de seu chefe e peço encarecidamente uma explicação clara e imediata. Muito me admira, muito mesmo. Supunha conhecê-lo como uma pessoa tranquila e sensata, e de repente o senhor parece disposto a ter caprichos bizarros. O chefe me fez entender esta manhã que havia uma possível explicação para sua ausência – referia-se aos recentes pagamentos à vista confiados a sua pessoa –, mas quase empenhei minha palavra dizendo que isso não procedia. Agora vejo sua teimosia sem propósito e perco toda e qualquer disposição, por mínima que seja, de intervir a seu favor. Seu posto não é lá dos mais seguros. Eu tinha a intenção de lhe dizer isso a sós, mas, como o senhor me faz agora perder meu tempo, não vejo por que evitar que seus pais tomem conhecimento disso. Nos últimos tempos seu desempenho foi insatisfatório. Reconhecemos que não é a melhor estação do ano para fazer grandes negócios, mas uma estação do ano sem fazer nenhum negócio não existe, senhor Samsa, não pode existir."

"Mas, senhor gerente", exclamou Gregor, fora de si, e no calor da excitação esqueceu todo o resto, "eu já vou abrir, agora mesmo. Uma leve indisposição, uma tontura, me impediu de levantar da cama. Ainda estou deitado. Mas já me sinto mais disposto, estou saindo da cama. Só um momento de paciência! Ainda não estou tão bem quanto supunha, mas já me sinto melhor. Como é possível uma coisa dessa abater um pessoa assim? Ainda ontem à noite estava bem, meus pais sabem disso, ou melhor, já ontem à noite tive um leve pressentimento. Os demais deveriam ter percebido. Por que não me ocorreu avisar no trabalho? A gente sempre acha que é possível superar a doença sem ficar em casa. Senhor gerente! Poupe meus pais! Não há motivo nenhum para todas as acusações que acaba de me fazer. Também não me disseram nem uma palavra sobre o assunto. O senhor não deve ter lido sobre os últimos pedidos que lhe enviei. Aliás, viajo com o trem das oito horas. As poucas horas de descanso me fortaleceram. Não precisa ficar aqui, senhor gerente; logo mais estarei no escritório, tenha a bondade de dizer isso e mandar minhas recomendações ao chefe!"

Enquanto despejava essas palavras, apressado, quase sem saber o que estava dizendo, Gregor conseguiu aproximar-se com facilidade do armário, certamente devido ao exercício anterior na cama, e tentava então firmar-se junto a ele. Pretendia mesmo abrir a porta, pretendia mesmo mostrar-se e falar com o gerente. Estava ansioso para saber o que os outros, que insistiam tanto em vê-lo, diriam agora, ao deparar com ele. Se a reação fosse de susto, não seria mais sua responsabilidade, podendo então se acalmar. Se a reação fosse tranquila, também não teria mais motivo para se preocupar e poderia, caso se apressasse, realmente estar na estação para pegar o trem das oito. Escorregou algumas vezes pelo armário liso e, dando um último impulso, parou em pé. Não se importou com as dores na parte de baixo do corpo, por mais que ardessem. Deixou-se cair então contra o encosto de uma cadeira próxima, segurando-se nos braços da cadeira com suas perninhas. Adquiriu assim o controle de si e se calou, pois agora podia continuar ouvindo o gerente.

"Vocês entenderam uma palavra ao menos?", perguntou o gerente aos pais. "Será que ele está zombando de nós?" "Pelo amor de Deus", exclamou a mãe, já chorando, "ele deve estar muito doente, e nós o estamos torturando. Grete! Grete!", gritou em seguida. "Mãe?", chamou de volta a irmã, do outro lado. Elas se entendiam através do quarto de Gregor. "Você precisa ir agora até

23

o médico. Gregor está doente. Vá buscar o médico. Você ouviu Gregor falar?" "Era a voz de um animal", disse o gerente com uma voz espantosamente calma em comparação com os gritos da mãe. "Anna! Anna!", chamou o pai da antessala para a cozinha, batendo palmas ao mesmo tempo. "Vá buscar imediatamente um chaveiro!" As duas moças atravessaram apressadas a antessala com suas saias farfalhantes – como é que a irmã se vestiu tão rápido? – e escancararam a porta da casa. Não se ouviu a porta bater; é bem provável que a tenham deixado aberta, como costuma acontecer nas residências onde ocorreu uma grande desgraça.

Gregor, porém, ficou bem mais calmo. Já não se entendia o que ele dizia, mesmo que as palavras lhe parecessem claras, mais claras que antes, talvez em consequência de uma adaptação do ouvido. Mas ao menos agora já acreditavam que alguma coisa não estava em ordem com ele e se propunham a ajudar. A certeza e a segurança com que as primeiras ordens foram proferidas lhe fizeram bem. Sentiu-se acolhido entre os seres humanos e tinha esperança de que eles, o médico e o chaveiro, sem distinção, tivessem atuações grandiosas e surpreendentes. Tossiu um pouco, procurando fazê-lo discretamente, temendo que mesmo esse som fosse diferenciado da tosse humana, o que não se atrevia a concluir por si. A tosse provocada era para conseguir uma voz clara o bastante para a conversa decisiva e iminente. No aposento ao lado, o silêncio era total. Talvez o gerente e os pais estivessem sentados à mesa cochichando, talvez estivessem todos encostados à porta para ouvir.

Gregor foi se empurrando devagar com a cadeira até a porta, largou-a lá e jogou-se contra a porta, mantendo-se grudado nela – as pontas das perninhas tinham um pouco de cola –, descansando um pouco ali de toda aquela agitação. Depois se preparou para girar a chave da porta com a boca. Infelizmente constatou não ter dentes de fato – então como faria para prender a chave? Por outro lado, os maxilares eram bem fortes. Com sua ajuda, conseguiu realmente pôr a chave em movimento, sem reparar que com isso se machucava de alguma forma, pois um líquido marrom saiu de sua boca, molhou a chave e pingou no chão. "Ouçam só", disse o gerente no aposento ao lado, "ele está girando a chave." Isso foi um grande incentivo para Gregor, embora todos devessem incentivá-lo, inclusive o pai e a mãe. "Força Gregor, vá em frente, continue firme na fechadura!", deviam ter dito. Imaginando que todos estavam atentos acompanhando seus esforços, mordeu a chave com toda a força que conseguiu reunir. À medida que a chave ia girando, Gregor ia dançando em volta da fechadura; mantinha-se em pé preso agora somente pela boca; e, dependendo da necessidade, grudava na chave ou a empurrava para baixo com todo o peso do seu corpo. O som cristalino, quando a fechadura finalmente cedeu, despertou Gregor de uma vez. Respirando, dizia para si: "Não precisei do chaveiro, afinal". Pôs a cabeça na maçaneta, a fim de abrir a porta completamente.

Como ele teve que abrir a porta usando este método, ela já se encontrava então bem aberta; só que ele continuava não sendo visto. Era preciso que ele girasse devagar numa das folhas duplas da porta, fazendo-o com muita cautela, se não quisesse cair desajeitado e de costas, bem diante da entrada. Estava ainda ocupado com esta difícil tarefa, sem tempo de dar atenção a outros detalhes, quando ouviu um sonoro "oh" emitido pelo gerente – que soava feito o zumbido do vento. E então ele também o viu, uma vez que era o mais próximo junto à porta; apertando a boca aberta com a mão, recuava devagar, como se uma força invisível e constante o empurrasse para fora. A mãe – que apesar da presença do gerente estava ali com os cabelos desgrenhados da noite, espetados para cima –, com as mãos juntas, olhou primeiro para o pai, deu dois passos em direção a Gregor e caiu rodeada por suas saias, o rosto escondido e completamente enterrado no próprio peito. O pai, com os punhos cerrados e uma expressão hostil no rosto, como se quisesse empurrar Gregor de volta para o quarto, olhou inseguro o aposento, cobriu os olhos com as mãos e chorou, sacudindo seu peito viril.

Gregor nem tentou entrar na sala, mas encostou-se por dentro na folha da porta ainda trancada, fazendo que somente a metade do seu corpo e a cabeça inclinada para o lado ficassem expostos, e assim olhou para os outros. O dia já tinha clareado bastante; via-se nitidamente parte de uma construção escura acinzentada e sem fim, que ficava do outro lado da rua – era um hospital, com suas janelas regulares quebrando a linha austera da parte dianteira. A chuva continuava, mas somente gotas grandes vistas individualmente iam caindo esparsas no chão. A louça para o café da manhã estava disposta em grande número na mesa, pois para o pai esta era a refeição mais importante do dia, que ele esticava por horas a fio, lendo os mais diversos jornais. Na parede bem em frente pendia uma foto de Gregor dos tempos do serviço militar, que o retratava como tenente. Ele sorria despreocupado, a mão sobre a espada, exigindo respeito por sua postura e seu uniforme. A porta para o hall de entrada estava aberta, e via-se, pois a porta da rua também estava aberta, o espaço na frente da casa e o início da escadaria.

"Então", disse Gregor, ciente de ser o único, que mantinha a calma, "vou me vestir logo, reunir o mostruário e partir. Vocês querem mesmo que eu parta? Como vê, senhor gerente, não sou teimoso e gosto de trabalhar; viajar é cansativo, mas eu não conseguiria viver sem viajar. Para onde está indo, senhor gerente? Para o escritório? Sim? Vai relatar tudo fielmente? No momento posso até estar sem condições para o trabalho, mas acaba sendo a ocasião ideal para relembrar todo o meu desempenho anterior e também que, afastado o obstáculo, mais tarde haverá condições de trabalhar de modo ainda mais eficiente e focado. Sou tão agradecido ao chefe, o senhor sabe disso muito bem. Por outro lado, meus pais e minha irmã estão sob meus cuidados. Estou numa enrascada, mas sairei dela. Não torne as coisas mais difíceis do que já estão para mim. Tome o meu partido no escritório! Os viajantes não são populares, eu sei. Acham que eles ganham rios de dinheiro e levam uma boa vida. Não temos nesse instante uma ocasião propícia para repensar este preconceito. No entanto, senhor gerente, o senhor tem uma visão melhor que os outros funcionários sobre o assunto, cá entre nós eu diria uma visão melhor que a do próprio chefe, que na qualidade de empresário pode se enganar facilmente em seu julgamento desfavorável a um funcionário. O senhor também está ciente de que o viajante, que passa quase o ano inteiro fora do escritório, pode ser alvo fácil de fofocas, casualidades e reclamações infundadas, contra as quais ele está totalmente impossibilitado de se defender, já que na maioria das vezes nem chega a se inteirar delas. Somente quando volta exausto, ao fim de uma viagem, pode sentir em casa, na própria pele, as terríveis consequências cuja origem não se consegue mais apurar. Senhor gerente, não vá embora sem me dizer uma palavra que indique que o senhor concorda com ao menos uma parcela do que eu disse!"

Mas o gerente já tinha se afastado ao ouvir as primeiras palavras de Gregor e só olhava na sua direção por sobre os ombros tensos e com a boca escancarada. Durante a fala de Gregor, e sem perdê-lo de vista, não ficou parado um momento sequer; ia recuando paulatinamente em direção à porta, como se houvesse uma proibição secreta de abandonar o aposento. Já atingira a antessala, e, a julgar pelo movimento repentino com que tirou o pé do chão pela última vez, tinha-se a impressão de que ele acabara de queimar a sola do pé. Na antessala, no entanto, esticou a mão direita para longe de si em direção à escada, como se lá uma solução sobrenatural esperasse por ele. Gregor percebeu que não podia deixar o gerente ir embora de jeito nenhum naquele estado de espírito sem que com isso seu cargo na empresa corresse um grande risco. Seus pais não entendiam bem nada daquilo e acabaram se convencendo ao longo de tantos anos de que o lugar de Gregor na empresa estava assegurado para a vida toda. E ademais, devido a tantas preocupações no momento, tinham inúmeras coisas a fazer, e qualquer visão futura escapava aos seus sentidos. Gregor, porém, tinha esta percepção. O gerente tinha que ser interceptado, tranquilizado, convencido e por fim vencido; afinal, o futuro de Gregor e de sua família dependia disso! Se ao menos a irmã estivesse presente! Ela era esperta, já tinha chorado quando Gregor ainda estava calmamente deitado de costas. E certamente o gerente, um apreciador das mulheres, teria se deixado distrair por ela. Ela teria fechado a porta da entrada e, na antessala, minimizado o susto. Mas

30

a irmã não estava, e Gregor precisava agir sozinho mesmo. E sem pensar que nem conhecia sua atual capacidade de locomoção, sem pensar que sua fala muito provavelmente – quase com certeza – não seria entendida de novo, saiu do batente da porta e se lançou pela abertura; queria ir até o gerente, que a essa altura segurava pateticamente com as duas mãos o corrimão do hall de entrada. Ao procurar sustentação, Gregor logo acabou caindo sobre suas múltiplas perninhas, soltando um grito fininho. Assim que aconteceu, sentiu pela primeira vez naquela manhã uma sensação de bem-estar físico: constatou feliz que as perninhas sentiam o chão firme debaixo delas e obedeciam integralmente, esforçando-se inclusive para transportá-lo aonde quisesse. Ele chegava a acreditar que a melhora total de todos os males estaria próxima. Mas no mesmo instante, quando ele se movimentou bamboleando a pouca distância da mãe, deitada ao seu lado no chão, ela – que parecia imersa em si – deu um salto, os braços esticados, dedos tesos, clamando: "Socorro, pelo amor de Deus, socorro!". Mantendo a cabeça inclinada como para ver Gregor melhor, em vez disso pôs-se a correr, recuando sem rumo. Esqueceu que atrás dela havia a mesa posta e ao se aproximar sentou-se sobre ela, apressada, confusa: parecia nem perceber que ao seu lado, da grande cafeteira tombada, o café jorrava copiosamente sobre o tapete.

"Mãe, mãe", murmurava Gregor, olhando para ela. Esqueceu completamente o gerente por um momento; por outro lado, ao ver o café escorrendo, não pôde evitar que o maxilar se movimentasse várias vezes, pescando no vazio. Em vista disso, a mãe pôs-se de novo a gritar, fugiu da mesa e caiu nos braços do pai, que vinha apressado em sua direção. Mas Gregor não tinha tempo agora para os pais; o gerente já estava na escada, o queixo sobre o corrimão, olhando uma última vez para trás. Gregor tomou impulso para conseguir alcançá-lo. O gerente deve ter pressentido isso, pois deu um pulo por cima de vários degraus e desapareceu, gritando ainda um "Ui!" que soou por toda a escadaria. Infelizmente o pai, que até o momento parecia um tanto contido, ficou bastante desnorteado com essa fuga do gerente, pois em vez de correr atrás dele ou pelo menos não obstruir o caminho de Gregor em sua perseguição, pegou com a direita a bengala do gerente, que fora largada numa cadeira junto com o chapéu e o sobretudo, pegou com a esquerda um jornal grosso da mesa e, pisando forte, tratou de empurrar Gregor de volta para o quarto, balançando a bengala e o jornal. Nenhuma súplica de Gregor ajudou, nenhuma súplica foi sequer entendida; quanto mais ele baixava humilde a cabeça, mais o pai redobrava a força ao bater os pés. Do outro lado, a mãe escancarou uma janela, apesar do tempo frio, e, debruçada, apertava o rosto com as mãos bem para fora da janela. Uma forte corrente de ar surgiu entre a rua e a escadaria; as cortinas das janelas voaram para o alto, os jornais se moveram na mesa, algumas folhas esparsas flutuaram até o chão. Implacável, o pai continuava fazendo pressão, emitindo sons sibilantes como um selvagem. Bem, Gregor ainda não tinha experiência em andar de marcha a ré, de modo que recuava bem devagar. Se ao menos pudesse se virar, já teria chegado ao quarto, mas temia a impaciência do pai com o tempo que a virada demandaria. A cada instante sofria ainda a ameaça de um golpe fatal nas costas ou na cabeça, desferido pela bengala que o pai segurava. Por fim não restou outra coisa a Gregor, pois ele percebeu horrorizado que andando para trás não conseguia nem manter a direção: sempre olhando para o pai, de lado e com medo, começou a virar tão rápido quanto possível, o que se dava na realidade bem devagar. Talvez o pai tenha percebido sua boa vontade, pois não o perturbou, até coordenou a manobra aqui ou acolá à distância, com a ajuda da ponta da bengala. Não fossem aqueles sons sibilantes insuportáveis do pai! Gregor perdia a cabeça por causa deles. Já tinha quase girado completamente, obedecendo sempre ao som dos sibilos, mas acabou se enganando e voltou um pouco a direção. Quando finalmente chegou, feliz, com a cabeça na entrada da porta, ficou claro que seu corpo era largo demais para passar ileso. No atual estado de espírito em que o pai se encontrava, certamente nem passava por sua cabeça abrir a outra folha da porta a fim de conseguir espaço suficiente para Gregor entrar. Sua ideia fixa era que Gregor tinha de entrar no quarto o mais rápido possível. Ele jamais teria concedido tempo para todo o preparo que Gregor necessitava para se levantar e talvez assim passar pela porta. Sua atitude era bem mais empurrar Gregor para a frente, como se não houvesse nenhum obstáculo, fazendo um barulho enorme. A voz atrás de Gregor não soava mais como a de um pai; a brincadeira tinha acabado, e Gregor se comprimiu – fosse lá o que acontecesse – porta adentro. Um lado do seu corpo ergueu-se, deixando-o torto na abertura da porta; um de seus flancos estava totalmente machucado, na porta branca apareceram manchas feias. Ficou entalado, e não teria conseguido mais se mexer dali sozinho, as perninhas de um lado

penduradas e trêmulas no ar, as do outro lado do-
lorosamente comprimidas no chão – então o pai
deu um empurrão redentor por trás, e ele voou,
sangrando bastante, lá para dentro do quarto. A
porta foi fechada com a bengala, e finalmente
fez-se silêncio.

2

Foi só no crepúsculo que Gregor despertou de seu sono profundo, quase um desmaio. Certamente não teria acordado muito depois, mesmo sem interferência, pois se sentia bem descansado e revigorado. Pareceu-lhe, porém, que fora despertado por um passo suave e um cauteloso fechar da porta que dava para a antessala. O facho de luz, vindo do bonde, iluminava o teto do quarto aqui e acolá assim como a parte superior dos móveis, mas mais abaixo, onde Gregor se encontrava, estava escuro. Tateando ainda sem jeito com suas antenas, que só agora aprendera a valorizar, foi se movendo devagar até a porta, a fim de ver o que tinha acontecido por lá. Seu lado esquerdo parecia uma única e longa, esticada e incômoda cicatriz, e ele mancava de fato com suas duas fileiras de pernas. Uma das perninhas feriu-se bastante ao longo dos acontecimentos da manhã – era quase um milagre que só uma estivesse machucada – e se arrastava sem vida com as demais.

Foi só quando chegou à porta que percebeu o que realmente o tinha levado até lá; fora o cheiro de algo comestível. Pois ali estava uma tigela de leite adoçado, onde boiavam pedacinhos cortados de pão branco. Quase rindo de tanta alegria, pois a fome era ainda maior que pela manhã, logo enfiou a cabeça até os olhos no leite. Mas em seguida recuou, decepcionado. Não era só a dificuldade para comer, causada pelo estado crítico do seu lado esquerdo; ele só conseguiria comer se o corpo todo, ainda que ofegante, colaborasse. Também o leite, que costumava ser sua bebida favorita e que a irmã certamente tinha trazido por isso mesmo, não lhe agradava mais; ele se afastou da tigela quase com nojo e foi se arrastando de volta para o meio do quarto. O gás estava aceso na sala, como dava para Gregor ver pela fresta da porta, mas, diferentemente do que acontecia nesta hora do dia – quando o pai costumava ler em voz alta o jornal vespertino para a mãe, e às vezes também para a irmã –, não se ouvia nenhum som. Bem, talvez essa leitura, sobre a qual sua irmã tanto lhe contava e escrevia, tivesse caído em desuso nos últimos tempos. Mas tudo em volta permanecia tão quieto, embora o apartamento certamente não estivesse vazio. "Que vida mais sossegada levava a família", disse para si, o olhar fixo na escuridão; sentiu muito orgulho de ter podido proporcionar uma vida assim para os pais e a irmã, num apartamento tão bonito. Mas o que aconteceria se, assustadoramente, a partir de então toda tranquilidade, toda qualidade de vida, toda satisfação chegassem ao fim? Para não se perder em pensamentos dessa ordem, Gregor preferiu pôr-se em movimento e saiu rastejando pelo quarto para cima e para baixo.

Durante a longa noite, uma das portas laterais foi aberta uma vez, e uma outra vez abriu-se a do outro lado, apenas uma pequena fresta, para logo se fechar novamente; alguém sentira necessidade de entrar, mas ao mesmo tempo tivera receios demais. Gregor postou-se então junto à porta, decidido a trazer, de alguma forma, o visitante indeciso para dentro, ou pelo menos saber quem era. No entanto, a porta não se abriu mais, Gregor esperou em vão. Antes, quando as portas ficavam trancadas, todos queriam entrar; agora que ele tinha destrancado uma porta e que outra tinha sido aparentemente aberta durante o dia, ninguém mais aparecia, e as chaves estavam no trinco do lado de fora.

Só tarde da noite a luz da sala foi desligada. Bem, era fácil chegar à conclusão de que tanto os pais quanto a irmã tinham ficado acordados todo aquele tempo, pois dava para ouvir que os três se distanciavam na ponta dos pés. Então era certo que ninguém entraria no quarto de Gregor até de manhã. Ele tinha, portanto, bastante tempo para refletir, sem ser perturbado, sobre como sua vida devia se reestruturar a partir de agora. Mas o quarto alto e vazio, onde ele era obrigado a deitar rente ao chão, amedrontava-o, sem que ele soubesse a razão. Afinal, tratava-se do seu quarto, habitado por ele há cinco anos. Dando meia-volta quase sem querer e sem nenhum escrúpulo, lançou-se apressado para debaixo do divã, onde logo se sentiu confortável, apesar de as costas ficarem um pouco comprimidas e ele não poder mais levantar a cabeça. Só lamentava que seu corpo fosse largo demais para ser totalmente escondido pelo divã.

Ali permaneceu a noite inteira, que passou em parte semiadormecido, acordado constantemente pela fome, em parte também por preocupações e esperanças difusas, mas que levavam à conclusão de que, por enquanto, ele tinha que se manter calmo e, com paciência e consideração, tornar suportáveis os inconvenientes que sua atual situação causava à família.

Logo de manhã, quase noite ainda, Gregor já pôde testar a força de suas novas decisões. A irmã, quase totalmente vestida, abriu a porta pela antessala e olhou tensa para dentro do quarto.

Não o achou de imediato, mas quando o descobriu debaixo do divã – Deus meu, ele tinha que estar em algum lugar, não podia ter voado para fora –, ela se assustou tanto que, sem conseguir se controlar, bateu a porta com força pelo lado de fora. Então, envergonhada pelo que acabara de fazer, abriu a porta de novo e entrou na ponta dos pés, como se fosse o quarto de um doente terminal ou até de um estranho. Gregor esticou a cabeça até a borda do divã e ficou observando a irmã. Será que ela tinha percebido que ele não tocara no leite, por sinal não por falta de fome, e será que ela traria outra comida mais adequada para ele? Se ela não o fizesse por conta própria, ele preferiria passar fome a chamar a atenção dela para o fato. Outrossim, ele se sentia fortemente compelido a lançar-se para fora do divã, jogar-se aos pés da irmã e implorar por algo de bom para comer. Mas logo a irmã percebeu com surpresa a tigela ainda cheia, em torno da qual havia uns parcos respingos de leite, levantou a tigela, não com as mãos nuas, mas com um trapo, e carregou para fora. Gregor ficou tremendamente curioso para saber o que ela traria em troca, e começou a fazer as mais variadas conjecturas. Contudo ele jamais teria adivinhado o que a irmã, com sua bondade, faria de fato. Para testar seu paladar, ela lhe trouxe uma grande variedade de comidas, espalhada sobre um velho jornal. Havia verdura velha e meio apodrecida; ossos do jantar anterior, rodeados por molho branco endurecido; algumas passas e amêndoas; um queijo que Gregor havia declarado como indigerível há dois dias; um pão seco; um pão com manteiga e um pão com manteiga e sal. Além disso, a tigela que sem sombra de dúvida seria doravante e de uma vez por todas a de Gregor foi depositada no chão, com água. E demonstrando sensibilidade, pois ela sabia que Gregor não comeria na sua frente, afastou-se rapidamente, girando a chave no trinco, para que ele percebesse que podia ficar tão à vontade quanto quisesse. As perninhas de Gregor vibravam indo de encontro à comida. Aliás, suas feridas já deviam estar totalmente cicatrizadas; não sentia mais nenhuma limitação. Ficou surpreso e pensou que há mais de um mês ele tinha cortado o dedo ligeiramente com a faca e há dois dias essa ferida ainda doía bastante. "Terei ficado menos sensível?", ponderou, e já sugava afoito o queijo, para o qual se sentiu atraído de imediato, mais que para qualquer outra comida. Rapidamente, um atrás do outro, foi devorando o queijo, a verdura e o molho, lacrimejando de satisfação. Os alimentos frescos, ao contrário, não lhe agradavam, ele nem conseguia suportar o cheiro. Acabou por empurrar as coisas que queria comer um pouquinho mais para lá. Já tinha terminado com tudo há tempos e permanecia refestelado e preguiçoso no mesmo lugar, quando a irmã começou a girar a chave devagarinho, mostrando que era hora de ele recuar. Gregor levou um susto, pois já estava quase cochilando. Correu para debaixo do divã. Precisou controlar-se para não sair da posição, mesmo durante o curto tempo em que a irmã permaneceu no quarto. A comida farta arredondou seu corpo, e ele mal conseguia respirar naquele espaço apertado. Tendo pequenos engasgos, olhava com olhos esbugalhados a irmã, que com uma vassoura varria não só os restos, mas também a comida intocada por Gregor, como se fosse igualmente imprestável, e como ela despejava tudo bem rápido num balde, que fechou com uma tampa de madeira, levando depois tudo para fora. Ela mal tinha dado as costas, e Gregor já saía de baixo do divã, espreguiçando-se e estufando o corpo.

Assim Gregor Samsa recebia diariamente sua comida: primeiro de manhã, quando os pais e a empregada ainda dormiam; a segunda vez depois do almoço, quando os pais se recostavam um pouco de novo e a irmã mandava a empregada resolver alguma incumbência fora de casa. É claro que os pais não queriam que Gregor passasse fome, mas talvez não suportassem mais que ouvir falar sobre a alimentação dele. Talvez a irmã quisesse poupá-los de um pouquinho de dor, eles já estavam sofrendo o suficiente. Naquela primeira manhã, Gregor não ficou sabendo sequer qual foi a desculpa que deram ao médico e ao chaveiro para que se retirassem, pois, já que não era compreendido, ninguém imaginava, nem a irmã, que Gregor pudesse compreender os outros. Por essa razão, ele tinha que se contentar em ouvir um suspiro ou um chamado aos céus da parte da irmã quando ela estava no seu quarto. Só mais tarde, quando ela já se acostumara um pouco com tudo – é claro que nunca seria o caso de acostumar-se totalmente –, é que Gregor começou a captar aqui e ali um ou outro comentário bem-intencionado ou que poderia ser interpretado dessa forma. "Olha, que hoje lhe agradou", dizia a irmã quando ele dava cabo da comida; quando acontecia o contrário, o que era cada vez mais frequente, ela costumava comentar, quase triste: "De novo, não tocou em nada".

Embora Gregor não ficasse sabendo das novidades diretamente, dava para se inteirar um bocado pelo que vinha da antessala. Assim que ouvia vozes, corria para a porta correspondente e pressionava todo o seu corpo contra ela. Principalmente nos primeiros tempos, não havia conversa que não girasse em torno dele, mesmo que em segredo. Durante dois dias seguidos, em todas as refeições, ouviam-se conselhos de como deveriam se comportar agora; mas também entre as refeições a conversa girava em torno do mesmo assunto, pois sempre havia pelo menos dois familiares em casa. Ninguém queria ficar sozinho ali, e em hipótese nenhuma poderiam deixar a casa todos de uma vez. Além disso, a empregada, logo no primeiro dia, caiu de joelhos diante da mãe e pediu que a demitisse imediatamente – não ficou claro o que e quanto ela sabia do ocorrido. Quando ela se despediu, quinze minutos depois, chorando, agradeceu pela demissão como se fosse um imenso benefício que acabavam de lhe conceder, jurando solenemente – sem que lhe fosse solicitado – não revelar nada a ninguém.

E assim a irmã, teve que passar a cozinhar junto com a mãe; de toda forma, não era grande esforço, já que ninguém comia quase nada. Constantemente Gregor ouvia como um animava o outro, em vão, a comer, não recebendo outra resposta senão: "Obrigado, já tenho o suficiente", ou algo parecido. Talvez nem se bebesse nada. Com frequência a irmã perguntava ao pai se queria uma cerveja, oferecendo-se gentilmente para ir buscar. Quando o pai silenciava, ela dizia poder pedir à zeladora que fosse buscar, para eliminar qualquer constrangimento da parte dele. Mas então o pai enfim soltava um grande "Não", e não se falava mais nisso.

Já no decorrer do primeiro dia, o pai apresentou toda a situação financeira tanto à mãe quanto à irmã. Às vezes se levantava da mesa e buscava no cofre, salvo da falência de seu negócio há cinco anos, algum recibo ou livro de notas. Dava para ouvir como ele abria a complexa fechadura do cofre e como travava novamente depois de ter pegado o que procurava. Esses esclarecimentos do pai eram em parte a primeira alegria que Gregor experimentava desde o seu isolamento. Ele achava que não havia sobrado nada para o pai daquele negócio, pelo menos o pai nunca falara nada em contrário, e Gregor na verdade nunca lhe perguntara nada sobre isso. A única preocupação de Gregor na ocasião era concentrar todas as forças para que a família esquecesse o grande infortúnio comercial, que deixara todos completamente desesperançados, o mais rápido possível. Foi assim que ele começou a trabalhar com garra total e conseguiu do dia para a noite transformar-se

45

de um simples assistente em caixeiro-viajante, tendo naturalmente outras possibilidades de ganhar dinheiro, e cujos sucessos profissionais se revelaram imediatamente na forma de comissões em dinheiro vivo, que podia ser colocado na mesa diante da família boquiaberta. Foram bons tempos, que nunca mais voltaram com o mesmo brilho, nem depois, quando Gregor ganhava tanto dinheiro que podia carregar a família nas costas, e carregou. Todos se acostumaram com isso, tanto a família quanto Gregor; o dinheiro era aceito com gratidão, e ele o dava de bom grado, mas isso já não resultava num calor especial. Somente a irmã ainda permanecia próxima de Gregor. O plano secreto dele era enviá-la ao conservatório no ano seguinte, a despeito do alto custo que isso acarretaria, que seria coberto de outro modo. Ao contrário do irmão, ela amava muito a música e tocava violino de maneira comovente. Durante as breves estadias de Gregor na cidade, o conservatório era mencionado nas conversas com a irmã, mas sempre como um sonho bom, em cuja realização não se acreditava, um tema inocente que os pais nem gostavam de ouvir. Mas Gregor pensava com firmeza no assunto e pretendia falar sobre isso com toda a solenidade na véspera de Natal.

Esses pensamentos totalmente inúteis na atual condição passavam por sua cabeça enquanto ele se mantinha em pé, grudado na porta, ouvindo. Às vezes quase não ouvia mais de tanto cansaço, deixando a cabeça solta bater contra a porta, mas voltava a segurá-la firme logo em seguida; pois mesmo o menor barulho causado com isso era ouvido do outro lado, deixando todos mudos. "O que será que ele está aprontando de novo?", dizia o pai depois de um tempo, aparentemente voltado para a porta. Só depois a conversa interrompida era retomada aos poucos.

Gregor ficou mais que inteirado – pois o pai costumava repetir com frequência suas explicações, em parte porque há muito tempo não se ocupava dessas questões, e em parte também porque nem sempre a mãe entendia já na primeira vez – de que, apesar de toda a desgraça, havia um pequeno patrimônio dos velhos tempos, que pôde crescer um pouco porque não se tocara nos juros nesse meio-tempo. Além disso, o dinheiro que Gregor trazia para casa mensalmente – ele mesmo conservava para si apenas alguns florins – não era gasto em sua totalidade, constituindo assim um pequeno capital. Gregor, atrás da porta, assentia ansioso, satisfeito com essa repentina precaução e economia. Na verdade, poderia ter saldado a dívida com o chefe com esse dinheiro sobressalente, e desse modo aquele dia em que ele poderia ter se livrado do cargo teria ficado mais perto. Mas agora, sem dúvida, era melhor assim, como o pai tinha feito.

No entanto esse dinheiro nem de longe bastava para permitir que a família vivesse dos juros; era suficiente para manter a família por um, dois anos no máximo, não mais que isso. Representava, portanto, nada mais que um montante em que não se podia tocar e que estaria disponível para uma emergência. Contudo era preciso ganhar o dinheiro para viver. O pai tinha saúde, mas estava velho, já não trabalhava há cinco anos e não tinha muita confiança em si mesmo. Nesses cinco anos, que tinham sido as primeiras férias de sua vida tão esforçada e malsucedida, o pai ganhara muito peso, tornando-se um homem pouco ágil. E deveria a velha mãe, que sofria de asma, cujo simples andar pelo apartamento já significava esforço e que a cada dois dias passava um no sofá, ofegante, de janela escancarada, deveria ela agora sair para ganhar dinheiro? E a irmã, deveria sair para ganhar dinheiro, ela que ainda era uma criança com seus dezessete anos e cujo modo de vida até então dava gosto de ver, consistindo em vestir-se bem, dormir até tarde, ajudar nos afazeres da casa, ter umas saídas modestas para se divertir e acima de tudo tocar violino? Quando o assunto da conversa era a necessidade de ganhar dinheiro, Gregor sempre abandonava a porta e se jogava no sofá de couro frio que ficava ao lado, ardendo de vergonha e tristeza.

Era frequente permanecer ali longas noites a fio, sem dormir por um instante sequer, só arranhando o couro do sofá durante horas. Ou então não se intimidava diante do grande esforço de empurrar uma cadeira até a janela, subir pelo batente e, apoiado na cadeira, debruçar-se ali, aparentemente por pura lembrança da antiga liberdade de apenas olhar para fora. Na verdade ele via que as coisas um pouco mais distantes iam ficando mais difusas a cada dia. O hospital em frente, cuja vista constante o fazia xingar em outros tempos, já não estava no seu campo de visão. Se ele não soubesse que morava na tranquila, e mesmo assim bastante urbana, rua Charlotte, poderia pensar que da sua janela vislumbrava um deserto, no qual o céu cinza e a terra cinza se uniam sem distinção entre um e outro. A irmã, observadora, precisou ver apenas duas vezes a cadeira encostada na janela, para daí em diante terminar a arrumação do quarto empurrando a cadeira exatamente para essa posição, deixando inclusive a parte interna da janela aberta. Se Gregor pudesse ao menos falar com a irmã e agradecer por tudo que ela tinha que providenciar para ele, teria suportado melhor seus préstimos. Assim, ele sofria. A irmã procurava sem dúvida apagar ao máximo o constrangimento da situação. Quanto mais o tempo passava, mais ela conseguia. Também Gregor com o tempo percebia tudo com muito mais clareza. Já começando com a entrada dela no quarto, que era terrível para ele. Mal ela adentrava, corria sem perda de tempo para fechar a porta, a fim de poupar aos outros a visão do quarto de Gregor. Dirigindo-se diretamente para a janela, escancarava-a com mãos ávidas, como se fosse quase sufocar; parava um tempo diante dela, mesmo que estivesse muito frio, e respirava fundo. Com o corre-corre e os barulhos que fazia, duas vezes ao dia ela assustava Gregor, que tremia debaixo do divã o tempo todo. Ele sabia muito bem que ela o teria poupado disso se lhe fosse possível permanecer no mesmo quarto que ele com as janelas fechadas.

Uma vez – já devia fazer um mês da metamorfose de Gregor e não havia mais motivo para a irmã assustar-se com a aparência dele – ela veio um pouco antes que de costume, encontrando Gregor imóvel, olhando pela janela, pronto para levar um susto. Gregor não teria ficado surpreso se ela não entrasse no quarto, já que, na posição em que estava, impedia que ela abrisse de imediato a janela. Ela não só deixou de entrar no quarto como recuou e fechou a porta. Um estranho teria achado que Gregor ficara de tocaia para mordê-la. Obviamente ele se escondeu na hora debaixo do divã, mas teve de esperar até o meio-dia que a irmã retornasse, e ela parecia mais inquieta que de costume. Gregor reconheceu que sua aparência continuava insuportável para ela e assim permaneceria, e também que ela se controlava muito para não sair correndo diante da visão até mesmo da minúscula parte do seu corpo que se projetava de sob o divã. Um dia, a fim de poupá-la até dessa visão, carregou nas costas o lençol para cobrir o divã – ele precisou de quatro horas para essa manobra. Dispôs o lençol de tal forma que cobrisse todo o seu corpo, de modo que a irmã, mesmo que se abaixasse, não o pudesse ver. Se na opinião dela o lençol fosse desnecessário, ela o teria tirado, pois era claro o bastante que ele não se enclausurava assim por diversão. Mas ela deixou o lençol como estava, e Gregor teve a impressão de captar um olhar agradecido ao arejar um pouco o lençol cuidadosamente com a cabeça, a fim de saber o que a irmã tinha achado da nova disposição.

Nos primeiros catorze dias, os pais não conseguiam se decidir a entrar no quarto dele. Gregor ouvia com frequência como eles reconheciam inteiramente o trabalho atual da irmã, enquanto até então se irritavam constantemente com ela, pois a tinham como uma garota um tanto quanto inútil. Agora os dois, o pai e a mãe, esperavam em frente ao quarto de Gregor enquanto a irmã tratava da arrumação. Assim que ela saía do quarto, tinha que contar em detalhes como se encontrava o recinto, o que Gregor tinha comido, como tinha se comportado desta vez, e se acaso uma pequena melhora tinha sido notada. Aliás, a mãe logo quis visitar Gregor, mas o pai e a irmã tentavam dissuadi-la com argumentos razoáveis, ouvidos com atenção e plenamente aprovados por Gregor. Com o passar do tempo tiveram que detê-la à força, quando ela então gritou: "Deixem-me ir até Gregor, ele é o meu filho desafortunado! Será que vocês não entendem que eu tenho que ir até ele?". Gregor achou então que seria melhor se a mãe viesse, claro que não todo dia, mas quem sabe uma vez por semana; ela sabia tudo, muito mais que a irmã, que apesar de toda a coragem não passava de uma criança e talvez para todos os efeitos tivesse assumido uma tarefa tão árdua por pura leviandade infantil.

O desejo de Gregor de ver a mãe logo se concretizou. Durante o dia, em deferência aos pais,

Gregor não queria se mostrar perto da janela; rastejar muito nos poucos metros quadrados do chão ele também não conseguia; deitar quieto já lhe era bastante penoso à noite; comer já quase não lhe proporcionava o menor prazer; então, por diversão, acostumou-se a rastejar para cima e para baixo pelas paredes e o teto. Gostava especialmente de ficar pendurado no teto; era bem diferente de deitar no chão; respirava-se mais à vontade; um leve torpor percorria o corpo. Nessa distração quase feliz, experimentada por Gregor lá em cima, podia acontecer de – para sua própria surpresa – ele se soltar e tombar no chão. Mas é claro que agora ele tinha um controle maior do seu corpo e já não se machucava nem mesmo com tamanha queda. A irmã logo reparou na nova diversão que Gregor achara para si – rastejando, ele deixava por vezes sinais de seu líquido pegajoso. Ela então pôs na cabeça que ia possibilitar a Gregor rastejar por uma superfície maior, tirando do caminho os móveis, sobretudo o armário e a escrivaninha. Não tinha condições de fazê-lo sozinha; não se atrevia a pedir socorro ao pai; a doméstica seguramente não ajudaria, pois a garota, que devia ter uns dezesseis anos, continuava batalhando corajosa depois da saída da cozinheira, mas tinha pedido licença para manter a porta da cozinha sempre trancada e só abrir se houvesse um chamado especial. Por isso não restava nada à irmã a não ser buscar a mãe, durante uma ausência do pai. Sinalizando com exclamações efusivas de alegria, a mãe se dirigiu ao quarto de Gregor, emudecendo diante da porta. É lógico que a irmã se certificou primeiro de que tudo estava em ordem no quarto e só depois deixou a mãe entrar. Gregor, naquela afobação puxou o lençol mais ainda, criando dobras. Parecia mesmo que o lençol tinha sido jogado sobre o divã por acaso. Gregor absteve-se também desta vez de espionar por debaixo do lençol; desistiu de ver a mãe por ora e ficou feliz só por ela ter vindo. "Venha, não dá para vê-lo", disse a irmã, aparentemente trazendo a mãe pela mão. Gregor ficou ouvindo como as duas frágeis mulheres empurravam o pesado armário antigo; também como a irmã deixava para si a parte mais pesada, sem ouvir as advertências da mãe, que temia pelo esforço exagerado da filha. Durou bastante tempo. Depois de quinze minutos de trabalho a mãe afirmou que seria melhor deixar o armário onde estava. Em primeiro lugar porque era pesado demais, elas não terminariam antes de o pai voltar e atrapalhariam a circulação de Gregor com o armário no meio do quarto. Em segundo lugar, nem era certo que tirando o móvel do caminho estariam fazendo um favor a Gregor. A ela parecia o contrário; sentia um aperto no coração olhando a parede vazia. E porque também ele não teria a mesma sensação, já que estava acostumado com a mobília, e um quarto vazio faria então com que se sentisse abandonado. E concluiu baixinho, quase sussurrando, como se quisesse que Gregor não ouvisse o som da sua voz – pois não sabia do seu paradeiro e tinha a convicção de que ele não entenderia suas palavras: "E será que, eliminando os móveis, não demonstramos ter perdido qualquer esperança de uma melhora, deixando-o entregue à própria sorte, sem nenhuma consideração? Acho que o melhor é procurar conservar o quarto exatamente como antes, para que Gregor, quando voltar para nós, encontre tudo inalterado, podendo esquecer mais facilmente o que aconteceu nesse meio-tempo".

Ouvindo essas palavras da mãe, Gregor se deu conta de que a falta de qualquer comunicação direta com pessoas, aliada a sua vida monótona dentro da família, passados esses dois meses, devia ter perturbado sua percepção. De outra forma, como explicar que ele pudesse desejar seriamente ter seu quarto esvaziado? Teria mesmo vontadede deixar que seu quarto aconchegante, decorado agradavelmente com móveis herdados, se transformasse numa caverna, onde pudesse rastejar com liberdade em todas as direções, mas com o risco de esquecer depressa e totalmente seu passado humano? Ele já estava perto de esquecer, não fosse a voz da mãe, que não ouvia há muito tempo, o ter sacudido. Nada deveria ser removido; tudo tinha que ficar; não podia dispensar a influência positiva dos móveis sobre seu estado de espírito. E enfim, se os móveis obstruíam seu rastejar sem sentido, isso não era prejuízo, mas sim uma grande vantagem.

Mas infelizmente a irmã era de outra opinião; tinha adquirido o costume de achar, com certa razão, que era a porta-voz dos assuntos referentes a Gregor perante os pais. Por isso agora a opinião da mãe foi para ela motivo suficiente para insistir não só na remoção do armário e da escrivaninha – pensados em primeira instância –, mas na remoção de todo o mobiliário, com exceção do indispensável divã. Não eram apenas teimosia infantil e autoestima – esta adquirida há pouco a duras penas – que a conduziam a essa exigência. Ela tinha de fato observado que Gregor precisava de bastante espaço para se movimentar, e não de móveis que, pelo que se via, não usava nem um pouco. Talvez o jeito sonhador próprio de uma garota, buscando satisfação em qualquer oportunidade, também influenciasse, fazendo que Grete ficasse inclinada a tornar a situação de Gregor ainda mais assustadora, para poder dedicar-se ainda mais a ele, pois num recinto onde Gregor dominasse sozinho as quatro paredes vazias com certeza ninguém além de Grete jamais ousaria entrar.

Assim, a mãe não conseguiu demovê-la de sua decisão. A mãe, que, bastante irrequieta, parecia também sentir-se insegura naquele cômodo, calou-se em seguida e pôs-se a ajudar a irmã, empurrando o armário, para fora. Pois bem, Gregor podia dispensar o armário, em última instância, mas a escrivaninha tinha que ficar. E mal as mulheres, arfantes, saíram empurrando o armário, Gregor já espreitava com a cabeça para fora da proteção do divã, a fim de ver como poderia intervir de modo cauteloso e com toda a consideração possível. Mas, por azar, foi justo a mãe quem voltou primeiro, enquanto Grete segurava o armário no quarto ao lado, balançando o móvel para lá e para cá sozinha, sem conseguir – é claro – tirá-lo do lugar. No entanto, a mãe não estava habituada a ver Gregor, e ele poderia deixá-la doente com sua aparência. Então Gregor se apressou assustado, andando de marcha a ré até a outra extremidade do divã, sem poder evitar que o lençol se mexesse um pouco na frente. Foi o suficiente para alertar a mãe. Ela parou, ficou imóvel por um instante e voltou para Grete.

Mesmo que Gregor repetisse para si que nada de extraordinário estava acontecendo e que somente alguns móveis seriam deslocados, logo admitiu que a impressão que isso lhe causava era outra. Esse vai e vem das mulheres, seus breves chamados, o arranhar dos móveis no chão, tudo parecia um grande rebuliço em torno dele, vindo de todos os lados. Puxando para si o mais que podia a cabeça e as pernas e apertando o corpo contra o chão, ele teve que reconhecer que não aguentaria aquilo por muito tempo. Elas estavam esvaziando seu quarto; tirando tudo o que lhe era caro. Já tinham removido o armário, onde estavam a serra e outras ferramentas; desparafusavam agora a escrivaninha, presa firmemente ao assoalho. A escrivaninha onde ele, ainda estudante de comércio e mesmo antes, como aluno de escola pública, tinha feito suas lições. Realmente não havia mais tempo para Gregor se certificar das boas intenções das duas mulheres, cuja existência ele praticamente esquecera, já que trabalhavam agora mudas de tanta exaustão. Ouvia-se apenas a batida pesada dos seus pés. Foi assim que ele saiu de onde estava, aproveitando que as mulheres no aposento ao lado tinham se apoiado na escrivaninha a fim de respirar um pouco. Mudou quatro vezes de direção, sem saber bem o que salvar primeiro, quando então viu o quadro pendurado na parede, já bastante vazia, da mulher toda envolta em peles. Rastejou depressa até lá, comprimindo o corpo sobre o vidro que o retinha e que dava a sua barriga quente uma sensação de bem-estar. Ao menos este quadro, que Gregor cobria totalmente, ninguém poderia levar embora. Girou a cabeça na direção da porta que dava para a sala, a fim de observar as mulheres quando voltassem.

Elas não se permitiram descansar por muito tempo e já estavam ali novamente. Grete envolvia a mãe com o braço, quase a carregava. "Então, o que pegamos agora?", falou Grete olhando ao redor. Nesse instante seu olhar cruzou com o de Gregor na parede. Por causa da mãe, controlou-se e, aproximando o rosto do dela para evitar que a mãe olhasse em volta, disse trêmula e sem refletir: "Venha, não é melhor voltarmos para a sala por algum tempo?". Para Gregor, a intenção de Grete era clara: ela queria pôr a mãe em segurança e depois enxotá-lo da parede. Pois bem, que tentasse, então! Agarrado ao quadro, ele não o largaria. Preferia pular no rosto de Grete.

Mas as palavras da filha só conseguiram deixar a mãe mais preocupada: saindo para o lado, olhou para a enorme mancha marrom no papel de parede florido, gritando com uma voz estridente e rouca antes mesmo de tomar consciência de que era Gregor o que ela via: "Oh, Deus! Oh, Deus!". Caiu sobre o divã de braços abertos, e não se mexeu mais. "Gregor! Seu...", exclamou a irmã, erguendo os punhos e lançando um olhar penetrante. Eram as primeiras palavras que ela dirigia diretamente a ele desde a metamorfose. Grete correu até o aposento ao lado para buscar alguma essência que pudesse despertar a mãe do desmaio. Gregor também queria ajudar – ainda dava tempo de salvar o quadro depois. Mas ele estava grudado firme no vidro e precisou se soltar com força. Correu também até o quarto ao lado, talvez achando que podia dar algum conselho para a irmã, como nos velhos tempos. No entanto, teve que ficar parado atrás dela sem ação, enquanto Grete revirava vários frascos; ela ainda levou um susto quando se virou; um frasco caiu no chão e se espatifou, e um caco de vidro feriu Gregor no rosto, derramando nele algum remédio corrosivo. Sem mais delongas, Grete pegou tantas garrafinhas quantas conseguiu e foi correndo até a mãe, batendo a porta atrás de si com o pé. Gregor ficou separado da mãe, que, talvez por sua causa, podia estar à beira da morte. Ele não devia abrir a porta, se não quisesse afastar a irmã, que precisava permanecer junto à mãe. Não restava nada a fazer, só esperar. Atormentado por sentimentos de culpa e preocupação, ele começou a rastejar, rastejou por tudo: paredes, móveis, teto, caindo por fim no meio da mesa grande, desesperado, quando o quarto todo já parecia rodar em volta dele. Passou algum tempo, Gregor ficou largado ali; tudo permanecia quieto em volta, talvez fosse um bom sinal. Então a campainha tocou. Evidentemente a empregada estava trancada na cozinha, portanto Grete teve que ir abrir. O pai havia chegado: "O que aconteceu?", foram suas primeiras palavras; o estado de Grete já revelava tudo. Ela respondeu com a voz abafada, aparentemente comprimindo o rosto no peito do pai: "A mãe desmaiou, mas já está melhor. Gregor fugiu". "Já esperava por isso", respondeu o pai. "Falei o tempo todo, mas vocês, mulheres, não quiseram me ouvir." Para Gregor ficou claro que o pai interpretou mal a breve explanação de Grete, assumindo que o filho agira com violência. Por isso Grete tinha agora que tentar acalmar o pai, pois Gregor não dispunha de tempo nem podia fazê-lo ele próprio. Assim, ele fugiu em direção à porta do quarto, apertando-se contra ela, para que o pai percebesse, logo que viesse da sala, que a intenção de Gregor era a melhor possível: não seria necessário obrigá-lo a ir para o quarto, bastando para tal abrir a porta, que ele logo desapareceria.

Mas o pai não estava em condições de perceber essas sutilezas. "Ah!", exclamou ao entrar, num tom que parecia ao mesmo tempo furioso e alegre. Gregor afastou a cabeça da porta e ergueu-a em direção ao pai. Não imaginava o pai como o via agora ali parado. De toda forma, com a nova moda de ficar rastejando para lá e para cá, Gregor acabara se ocupando menos dos acontecimentos no resto da casa do que antigamente. Deveria estar preparado para mudanças. Mesmo assim, mesmo assim, era esse ainda o seu pai? Aquele mesmo homem que ficava enterrado na cama, exaurido, quando Gregor partia em viagem de negócios; que o recebia de volta de roupão na cadeira de balanço, sem forças para levantar direito, apenas erguendo os braços em sinal de alegria. Aquele mesmo que durante os raros passeios juntos, em alguns domingos do ano e principais feriados, caminhava entre Gregor e a mãe, que já andavam devagar, andando mais devagar ainda, envolto em seu velho sobretudo, avançando com cuidado, apoiado na bengala, e que quando queria dizer alguma coisa quase sempre parava, reunindo os acompanhantes a sua volta? No entanto agora estava bem-composto, vestindo um austero uniforme azul com botões dourados, como usam os contínuos das instituições bancárias. Por sobre a gola dura e alta crescia seu proeminente queixo duplo. Abaixo das sobrancelhas espessas sobressaía o olhar viçoso e observador de seus olhos negros. Os cabelos brancos, antes em desalinho, brilhavam penteados e repartidos com uma precisão torturante. Ele arremessou o quepe – o monograma dourado que ele ostentava devia ser de algum banco – perfazendo um arco através do quarto todo até o divã, e foi até Gregor, as abas da longa túnica do uniforme jogadas para trás, as mãos nos bolsos, o rosto sombrio. Ele mesmo não sabia o que pretendia. Ainda assim, ergueu os pés mais alto que o normal, deixando Gregor admirado com o tamanho descomunal do solado de suas botas. Mas isso não paralisou Gregor, que sabia, desde os primeiros dias de sua nova vida, que naquilo que se referia a ele o pai só considerava justo usar de extrema severidade. Por isso Gregor corria diante do pai, detendo-se quando o pai parava e avançando de novo sempre que o pai se movia. Deram várias voltas pelo quarto desse jeito, sem que nada decisivo acontecesse.

Não parecia ser uma caçada, devido ao compasso lento em que se desenrolava. Por isso Gregor permanecia por enquanto no chão, temendo que o pai tomasse uma fuga para as paredes ou para o teto como um ato especialmente perverso. Na verdade, Gregor tinha de admitir para si mesmo que não aguentaria por muito tempo essa corrida, pois enquanto o pai dava um passo ele era obrigado a executar inúmeros movimentos. Já que desde os primórdios seus pulmões não eram lá muito confiáveis, começou a sentir falta de ar. Bamboleando de lá para cá, de olhos semicerrados, querendo assim juntar o máximo de forças para a corrida, estava tão abestalhado que não lhe passava pela cabeça nenhuma outra forma de se safar. Já tinha quase esquecido que as paredes eram uma possibilidade para ele, embora os móveis, entalhados, cheios de entranhas e pontas, exigissem cautela – quando alguma coisa, ligeiramente retorcida, voou rente a ele, rolando à sua frente. Era uma maçã, e logo voou a segunda. Gregor estancou, paralisado pelo susto. Não fazia sentido continuar correndo, já que o pai tinha decidido bombardeá-lo. Enchendo os bolsos diretamente da fruteira do bufê e ainda sem mirar com precisão, ele atirava uma maçã após a outra. As pequenas maçãs vermelhas rolavam como que eletrizadas no chão, chocando-se com as demais. Uma delas, atirada com menos força, deslizou pelas costas de Gregor, sem machucar. Porém a outra, logo em seguida, acertou em cheio suas costas. Gregor quis continuar se arrastando, como se a dor dilacerante pudesse passar com a mudança de lugar. Mas se sentia como que pregado no lugar, esticando o corpo em todas as direções, numa total confusão de sentidos. Com um derradeiro olhar viu ainda a porta se escancarar e a mãe passar, de combinação, diante da irmã, que gritava; pois a irmã a havia afrouxado suas roupas, buscando facilitar-lhe a respiração durante o desmaio. Gregor viu a mãe correr até o pai e no caminho deslizarem até o chão, um a um, os saiotes afrouxados; viu a mãe, tropeçando neles, forçar a passagem até o pai, abraçando-o, totalmente unida a ele – a visão de Gregor já falhava –, e, com as mãos em sua nuca, pedir que poupasse a vida de Gregor.

3

A grave ferida de Gregor, que doeu por mais de um mês – a maçã permaneceu fincada na carne como marca visível, pois ninguém tinha coragem de removê-la –, parecia sinalizar, até mesmo ao pai, que Gregor, apesar da atual aparência triste e repugnante, era um membro da família e não deveria ser tratado como um inimigo; mais ainda: era dever imperativo da família engolir a repulsa e tolerar, acima de tudo tolerar.

E mesmo que Gregor, por causa da ferida, tivesse perdido muito em mobilidade, quem sabe para sempre, e precisasse no momento de longos, longos minutos para cruzar o quarto feito um inválido – rastejar para o alto, nem pensar –, tinha ganhado, por causa dessa piora de seu estado físico, o que em sua opinião lhe pareceu uma compensação bastante satisfatória: a porta da sala, que ele já observava com atenção desde uma ou duas horas antes, abria-se à noitinha, de tal forma que ele, deitado no escuro do quarto e invisível da sala, podia ver a família toda reunida à mesa iluminada e ouvir sua conversa, de certa forma com a anuência geral, ou seja, de um jeito bem diferente de como ocorria até então.

Claro que não eram mais as conversas animadas dos velhos tempos, que Gregor recordava saudoso no pequeno quarto de hotel quando se atirava cansado sobre a roupa de cama úmida. Agora, em geral, tudo decorria de modo bastante silencioso. O pai adormecia em sua cadeira logo após o jantar; a mãe e a irmã invocavam silêncio uma à outra; a mãe, bastante curvada sob a lâmpada, costurava roupas finas para uma loja de moda; a irmã, que tinha aceitado um emprego de vendedora, estudava estenografia e francês à noite, a fim de talvez conseguir no futuro um emprego melhor. Às vezes o pai despertava, parecendo não ter noção de que tinha adormecido, e dizia à mãe: "Há quanto tempo você já está costurando hoje!", adormecendo de novo logo em seguida, enquanto a mãe e a irmã sorriam, cansadas, uma para a outra.

Imbuído de certa teimosia, o pai se recusava, mesmo em casa, a tirar o uniforme de contínuo. Enquanto o roupão ficava pendurado, inútil, em cabide, o pai cochilava completamente vestido em seu lugar, como se estivesse sempre a postos e esperasse, até mesmo ali, ouvir a voz do chefe. Por isso, o uniforme, que já não era novo desde o início, foi se encardindo, mesmo com os cuidados dispensados pela mãe e a irmã. Gregor fitava – por vezes a noite inteira – essa vestimenta bastante manchada com seus botões dourados sempre lustrosos na qual o velho homem dormia tranquilo, ainda que extremamente desconfortável.

Assim que o relógio batia dez horas, a mãe procurava acordar o pai sussurrando e tentando convencê-lo a ir para a cama, pois ali não era o lugar adequado para ele ter o descanso necessário, já que precisava despertar às seis da manhã para assumir seu posto de trabalho. Mas com a teimosia adquirida desde que se tornara empregado, ele insistia em ficar por um tempo mais prolongado à mesa, apesar de cair no sono regularmente. Custava muito esforço persuadi-lo a trocar a cadeira pela cama. Durante quinze minutos a mãe e a irmã insistiam com pequenas reprimendas, mas ele sacudia devagar a cabeça, permanecendo de olhos fechados, sem se levantar. A mãe o puxava pela manga, sussurrava palavras carinhosas ao ouvido, a irmã parava sua tarefa para vir ajudar a mãe, mas com o pai nada adiantava. Afundava ainda mais na sua cadeira. Só quando as mulheres o pegavam por debaixo dos braços, ele abria os olhos e, mirando alternadamente a mãe e a irmã, costumava dizer: "Isso sim é vida. Essa é a tranquilidade da minha velhice". E, apoiado nas duas mulheres, erguia-se inseguro, como se fosse um grande fardo para si próprio, deixando-se levar por elas até a porta, acenava despedindo-se e continuava sozinho, enquanto que depressa, a mãe atirava de lado o material de costura e a irmã largava a caneta, correndo as duas atrás do pai para acudi-lo outra vez.

Quem nesta família exausta e batalhadora tinha tempo para se dedicar a Gregor mais que o absolutamente necessário? Reduziram-se os gastos da casa; a empregada foi por fim dispensada. Uma faxineira enorme e ossuda, com cabelos brancos esvoejando ao redor da cabeça, vinha de manhã e ao final do dia para fazer o serviço mais pesado. De todo o resto a mãe se incumbia, além de seus múltiplos trabalhos de costura. Acontecia até de venderem algumas joias da família, usadas antigamente com prazer pela mãe e a irmã nos encontros e festividades. Gregor se inteirava disso pelas conversas à noite, quando se comentavam os preços alcançados. A maior queixa ficava sempre por conta da casa, imensa para os parâmetros atuais e da qual não podiam se mudar, pois não sabiam como transportar Gregor para outro lugar. Para Gregor estava claro, porém, que não era o cuidado com ele o único impedimento para a mudança, já que ele poderia ser transportado facilmente numa caixa adaptada com alguns furinhos para ventilação. O que os impedia de mudar de casa era principalmente o total desalento e o pensamento de que se abatera sobre a família uma desgraça, bem maior do que qualquer coisa que já tivesse atingido seus parentes ou conhecidos. O que o mundo exigia dos pobres a família cumpria ao máximo. O pai buscava o café da manhã para os bancários, a mãe submetia-se a lavar roupa para estranhos, a irmã corria para lá e para cá atrás do balcão atendendo aos pedidos dos clientes. Não tinham forças para mais nada. A ferida nas costas de Gregor voltava a doer quando, depois de levarem o pai até a cama, a mãe e a irmã retornavam à sala e, deixando o trabalho de lado, sentavam-se bem perto uma da outra, quase encostando o rosto, e a mãe, apontando para o quarto de Gregor, dizia: "Feche essa porta, Grete". Então Gregor ficava novamente no escuro, enquanto ali ao lado as mulheres confundiam suas lágrimas ou com os olhos secos, encaravam a mesa.

Gregor passava praticamente insone as noites e os dias. Por vezes imaginava retomar as rédeas dos assuntos familiares assim que a porta se abrisse da próxima vez. Em suas divagações lhe apareciam, depois de longo tempo, de novo o chefe e o gerente, os caixeiros e os estagiários, o tacanho ajudante, dois ou três amigos de outras firmas, uma camareira de um hotel na província, breve e querida lembrança, a moça do caixa de uma loja de chapéus, que cortejou seriamente mas devagar demais – todos eles se apresentavam misturados a pessoas desconhecidas ou já esquecidas. Mas em vez de socorrer sua família, permaneciam inacessíveis, e ele ficava aliviado quando desapareciam. Mas depois já não se mostrava disposto a se preocupar com a família, sentia só muita raiva pelos maus-tratos. Mesmo que não conseguisse imaginar nada que o satisfizesse ou que estimulasse seu apetite, planejava chegar até a dispensa para ali pegar tudo a que tinha direito, ainda que sem nenhuma fome. Agora, de manhã e à tarde, antes de correr para a loja e sem mais refletir sobre como poderia agradar a Gregor em especial, a irmã empurrava na correria, com o pé, uma comida qualquer para dentro do quarto, para à noite varrer tudo para fora num movimento só, pouco se importando se a comida tinha sido degustada ou – como na maioria das vezes – permanecera completamente intocada. A arrumação do quarto, que ela sempre providenciava à noite, não podia ser mais rápida. Tiras de sujeira estendiam-se ao longo das paredes, novelos de poeira e lixo apareciam aqui e ali. Nos primeiros tempos, quando a irmã chegava, Gregor ficava plantado em um canto que evidenciasse isso de algum modo, como uma forma de protesto. Mas ele poderia permanecer ali por semanas se quisesse; a irmã não melhorava sua atitude. Ela via a sujeira tanto quanto ele, mas tinha decidido deixar como estava. Despertava uma espécie de suscetibilidade inteiramente nova nela, e que atingia a família toda. Fazia questão de seguir como responsável pela arrumação do quarto de Gregor. Uma vez a mãe tratou de fazer uma grande faxina no quarto dele, bem-sucedida somente após o uso de vários baldes de água – a grande umidade também irritou Gregor, que ficou largado, amargurado e imóvel, sobre o divã –, mas o castigo não tardou para a mãe. À noite, assim que percebeu a mudança no quarto de Gregor, a irmã correu até a sala extremamente magoada e, apesar de a mãe erguer as mãos pedindo perdão, rompeu num choro convulsivo, assistido pelos pais, perplexos e perdidos – o pai, claro, assustado, tinha dado um pulo em sua cadeira. Até que eles também começaram a se mexer: o pai repreendendo a mãe por não ter deixado a arrumação do quarto de Gregor a cargo da irmã, gritando por outro lado para a esquerda com a irmã que ela nunca mais poderia limpar o quarto de Gregor; enquanto a mãe tentava levar o pai, que de tão nervoso não se reconhecia mais, até o quarto, a irmã, sacudida por soluços, socava a mesa com seus punhos diminutos, e Gregor sibilava alto de raiva, pois ninguém tinha pensado em fechar a porta, a fim de poupá-lo do barulho e dessa cena.

Mas mesmo se a irmã, exausta por causa de seu trabalho profissional, estivesse farta de cuidar de Gregor como antes, a mãe não precisaria de modo algum ter tomado o seu lugar e tampouco Gregor teria sido abandonado. Pois havia a faxineira. Essa viúva velha, que durante sua longa vida tinha enfrentado as piores coisas com a ajuda de sua forte compleição óssea, na verdade não sentia nenhuma aversão por Gregor. Sem ser absolutamente curiosa, um dia abriu por acaso a porta do quarto dele e ao deparar com Gregor – que, pego de surpresa, começou a correr para lá e para cá mesmo que ninguém o estivesse perseguindo – parou atônita com as mãos cruzadas sobre o peito. Desde então, não perdia a oportunidade de abrir um pouquinho a porta de manhã e à noitinha para olhar Gregor. No começo ela o chamava com palavras que julgava serem amigáveis, como: "Venha cá, seu velho besouro rola-bosta!", ou: "Vejam só o velho besouro rola-bosta!".

Gregor não respondia a esses chamados, ficando imóvel em seu lugar como se a porta nem tivesse sido aberta. Pois melhor seria que tivessem ordenado a essa faxineira que, em vez de perturbá-lo inutilmente quando lhe convinha, limpasse seu quarto diariamente! Uma vez, de manhã cedo – uma chuva forte batia nas janelas, talvez um sinal da chegada da primavera –, quando ela começou com aquele jeito de falar, irritou Gregor a tal ponto que ele começou a avançar na direção dela como que para o ataque, ainda que devagar e debilitado. Em vez de se amedrontar, a faxineira simplesmente ergueu bem alto a cadeira que estava perto da porta, e assim como estava, imóvel e de boca aberta, deixava claro que só a fecharia quando tivesse atingido as costas de Gregor com a cadeira. "Quer dizer que não vai continuar?", ela falou assim que Gregor se virou, colocando tranquilamente a cadeira de volta no canto.

Gregor quase não comia mais. Só quando passava por acaso ao lado da refeição preparada, pegava, por brincadeira, um bocado na boca, conservando-o por horas para então na maioria das vezes cuspi-lo. Primeiro achou que a aflição pelo estado de seu quarto o impedia de comer. Mas logo se conformou com as mudanças ali perpetradas. Tinham se acostumado a depositar no quarto coisas que não podiam acondicionar em outro canto, e dessas coisas havia muitas, já que tinham alugado um quarto a três senhores. Esses homens sérios – todos usavam barba, como Gregor constatou certa vez por uma fresta da porta – eram muito implicantes em relação à ordem, não só em seu quarto, mas também – já que estavam morando lá – na casa, especialmente na cozinha. Não toleravam coisas sem utilidade nem tralhas sujas. Além disso, tinham trazido grande parte do próprio mobiliário. Por esse motivo, muitas coisas – que não eram vendáveis, mas que também não se queria jogar fora – tornavam-se supérfluas. Todas essas coisas migraram para o quarto de Gregor. Inclusive a caixa para as cinzas e a lata de lixo provenientes da cozinha. No momento, tudo o que não se usava a faxineira – que estava sempre apressada – simplesmente atirava no quarto de Gregor; felizmente, em geral ele via apenas o respectivo objeto e a mão que o segurava. Talvez a faxineira tivesse intenção de qualquer hora ir buscar as coisas ou jogá-las todas fora de uma vez. Fato é que ficavam ali onde aterrizavam com o primeiro arremesso, não fosse Gregor movê-las quando perambulava entre os destroços, primeiro por ser obriga-

75

do, pois de outro modo não disporia de lugar livre para rastejar, depois por uma diversão crescente, embora acabasse morto de cansaço e tristeza depois dessas excursões, sem conseguir se mexer de novo durante horas.

Já que às vezes os inquilinos jantavam em casa, na sala comum, a porta que dava para ela ficava fechada nessas ocasiões. Gregor podia se abster sem problemas da porta aberta, já que vez ou outra não se beneficiou disso e, sem que a família notasse, permaneceu deitado no canto mais escuro do quarto. Certa noite, porém, a faxineira deixou a porta que dava para a sala entreaberta; a porta permaneceu assim, mesmo quando os inquilinos entraram à noite e acenderam a luz. Eles se sentaram à cabeceira da mesa, onde antigamente sentavam o pai, a mãe e Gregor, desdobraram os guardanapos e pegaram garfo e faca nas mãos. Imediatamente apareceu na porta a mãe com uma tigela de carne, e logo em seguida a irmã com uma tigela de batatas empilhadas até o topo. A comida fumegava. Os senhores se inclinaram sobre as tigelas depositadas à sua frente, como se quisessem testar a comida antes de comer, e de fato aquele que se sentava no meio e que parecia ter autoridade sobre os dois outros, cortou um pedaço da carne ainda na tigela, aparentemente para

76

ver se estava tenro o suficiente ou se por acaso a carne não deveria ser devolvida para a cozinha. Mostrou-se satisfeito; mãe e irmã, que assistiam a tudo tensas, começaram a sorrir aliviadas. A família propriamente dita comia na cozinha. Apesar disso o pai entrou em sala, em seu caminho para a cozinha, e com uma única reverência, o quepe na mão, cumprimentou a todos, dando uma volta na mesa. Os inquilinos se levantaram, murmurando alguma coisa por entre suas barbas. Quando depois ficaram sozinhos, comeram praticamente em silêncio. Para Gregor parecia estranho que de todos os barulhos relacionados com comida o que se sobressaía era a mastigação dos dentes, como que para mostrar a Gregor que era preciso ter dentes para comer e que, mesmo com o mais belo e desdentado dos maxilares, nada se podia alcançar. "Tenho, sim, apetite", dizia Gregor para si, preocupado, "mas não para essas coisas. Assim como esses inquilinos se alimentam, eu morreria."

Justamente nessa noite – Gregor não se recordava de ter ouvido o violino durante todo esse período – ouviu-se o som vindo da cozinha. Os inquilinos já haviam terminado sua refeição noturna, o do meio puxara um jornal, dando uma folha para cada um dos demais. Agora liam, reclinados, fumando. Quando o violino começou a tocar, eles ficaram alertas, levantando-se e indo na ponta dos pés até a porta da antessala, parando encostados uns nos outros. Da cozinha devem tê-los ouvido, pois o pai indagou: "Será que os senhores se incomodam com a música? Pode ser interrompida imediatamente". "Ao contrário", disse o inquilino do meio. "Será que a senhorita não gostaria de vir até nós e tocar aqui na sala, onde é muito mais confortável e agradável?" "Claro", respondeu o pai, como se fosse ele o violinista. Os senhores voltaram para a sala e aguardaram. Logo mais entrou o pai carregando a estante para partituras, a mãe trazendo as partituras e a irmã com o violino. A irmã preparava tudo com calma para tocar; os pais, que nunca haviam alugado quartos antes e por isso exageravam nas gentilezas para com os inquilinos, nem se atreviam a sentar nas próprias cadeiras: o pai recostou-se à porta, a mão direita enfiada entre dois botões do uniforme; a mãe, contudo, sentou na cadeira oferecida por um dos senhores, deixando-a onde o senhor a colocara por acaso: num canto distante.

A irmã começou a tocar. Pai e mãe acompanhavam atentos os movimentos de suas mãos, cada qual no seu canto. Atraído pela música, Gregor ousou se aproximar um pouco mais e já estava com a cabeça na sala. Pouco se surpreendia com sua quase total falta de consideração pelos outros nos últimos tempos. Antigamente tinha orgulho do respeito que nutria pelos outros. E no entanto agora mais que nunca tinha motivo para se esconder, pois, devido ao pó que estava por toda parte em seu quarto e que ao menor movimento se espalhava, estava ele também coberto de pó; carregava consigo, nas costas e nas laterais, linhas, cabelos e restos de comida. Sua indiferença a tudo era grande demais para agir como antes, quando, várias vezes durante o dia, deitava de costas, esfregando-se no tapete. Apesar da sua aparência, não tinha vergonha nenhuma de avançar um tanto pelo chão reluzente da sala.

Evidentemente ninguém dava a mínima atenção a ele. A família estava toda concentrada no violino. Os inquilinos, ao contrário, que primeiramente, com as mãos nos bolsos das calças, se postaram perto demais, bem atrás da estante de partituras da irmã, para assim poder ver as notas, o que certamente devia incomodá-la, logo recuaram até a janela, conversando a meia-voz, de cabeça baixa, e se mantiveram ali, observados pelo pai, apreensivo. Parecia mais do que evidente que, esperando ouvir um concerto de violino bonito e prazeroso, ficaram decepcionados; assim, fartos daquela apresentação, toleravam a perturbação de seu sossego por pura educação. Sobretudo, parecia um sinal de grande impaciência o modo como expeliam a fumaça dos charutos pelas narinas e pela boca para o alto. E ainda assim a irmã tocava tão lindamente! Seu rosto se inclinava para o lado, o olhar triste seguia as linhas da partitura, conferindo. Gregor avançou mais um pouco, rastejando, mantendo a cabeça bem rente ao chão, a fim de poder observar seus olhares. Será que era um bicho, já que a música o comovia tanto? Para ele era como se lhe mostrasse o caminho para o alimento desconhecido que lhe faltava. Estava decidido a avançar até a irmã, puxá-la pela saia e com isso sinalizar que viesse com o violino até o quarto dele, pois ninguém ali valorizava sua música tanto quanto ele. Não queria que ela saísse do quarto dele, pelo menos enquanto ele ainda vivesse; pela primeira vez a aparência asquerosa devia lhe ser útil. Ele queria poder estar ao mesmo tempo em todas as portas e xingar os invasores. A irmã, porém, não devia permanecer ao seu lado por obrigação, mas sim de livre e espontânea vontade. Ela devia sentar ao seu lado no divã, inclinando o ouvido até ele. Ele queria confessar a ela seu firme propósito de mandá-la para o conservatório e que, se não tivesse lhe acontecido aquele incidente, ele teria dito a todos no Natal passado

– o Natal já tinha passado, não é? – sem se importar com quaisquer reações contrárias. Depois dessa explicação, a irmã se debulharia em lágrimas de emoção, e Gregor se ergueria até o seu ombro a fim de beijá-la no pescoço, livre de faixas e golas desde que começara a trabalhar fora.

"Senhor Samsa!", exclamou o inquilino do meio para o pai, apontando com o indicador, sem dispensar nenhuma outra palavra, a figura de Gregor, que se movia devagar para a frente. O violino emudeceu; o inquilino do meio primeiro sorriu para os amigos, balançando a cabeça, e depois olhou novamente para Gregor. O pai achou mais urgente tranquilizar os inquilinos do que enxotar Gregor para o quarto, embora eles nem estivessem nervosos e Gregor parecesse entretê-los bem mais que o violino. O pai se adiantou até eles, de braços abertos, procurando assim fazê-los recuar até o aposento que ocupavam, ao mesmo tempo que lhes impedia a visão de Gregor com seu corpo. Eles começaram realmente a ficar bravos, não se sabia mais se por causa do comportamento do pai ou se pela constatação de que, sem saber, tinham um vizinho de quarto como Gregor. Pediram explicações ao pai, ergueram por sua vez os braços, cofiaram a barba, inquietos, e foram se afastando bem devagar para o quarto. Enquanto isso a irmã, superado o torpor sofrido por ter parado bruscamente de tocar, e depois de ficar segurando o violino e o arco nas mãos caídas ainda por um tempo, como se continuasse tocando, olhou para as notas, se recompôs de uma vez por todas, largou o instrumento no colo da mãe, que permanecia sentada, respirando com dificuldade, os pulmões arfando fortemente, e correu até o quarto ao lado, para onde se dirigiam rapidamente os inquilinos, compelidos pelo pai. Via-se como os lençóis e os travesseiros voavam para o alto das camas pelas mãos experientes da irmã, indo parar nos respectivos lugares. Ainda antes que os senhores alcançassem o quarto, ela tinha acabado de arrumar as camas e saído de fininho. O pai parecia tão imbuído de sua teimosia que esquecera totalmente o respeito que devia aos inquilinos. Forçava o caminho e forçava, até que, já à porta do quarto, o inquilino do meio sapateou furioso, bem forte, conseguindo com isso que o pai parasse. "Declaro por este meio", disse ele, erguendo a mão e buscando com o olhar também a mãe e a irmã, "que em face das circunstâncias das relações abomináveis vigentes nesta casa e nesta família" – nesse momento, determinado, ele cuspiu no chão – "rescindo de imediato o aluguel do meu quarto. Além disso, naturalmente, não vou pagar nada pelos dias que morei aqui; muito ao contrário, vou pensar ainda se movo uma ação contra os senhores – acreditem, será facilmente justificável." Ele se calou e olhou para a frente, como se esperasse algo. E de fato seus dois amigos se pronunciaram prontamente: "Nós também rescindimos de imediato". Logo em seguida, pegou a maçaneta e bateu a porta com estrondo.

O pai saiu cambaleando, tateando com as mãos até sua cadeira, e deixou-se cair nela. Parecia alongar-se para seu costumeiro cochilo noturno, mas, cabeceando muito forte – a cabeça parecia solta –, sinalizava que não dormiria de forma alguma. Gregor ficou o tempo todo deitado, imóvel, no lugar onde fora descoberto pelos inquilinos. A frustração de seus planos e talvez a fraqueza causada pela fome imensa impossibilitavam que ele se movesse. Pressentia quase com certeza que uma fúria generalizada se desencadearia sobre ele nos instantes seguintes, e esperava. Nem o violino, que, segurado pelas mãos trêmulas da mãe, caiu do seu colo, fazendo ecoar um estrondo, conseguiu assustá-lo.

"Queridos pais", disse a irmã, batendo com a mão na mesa como introdução, "assim não dá mais para continuar. Se vocês talvez ainda não se convenceram disso, eu já. Não quero falar o nome do meu irmão na presença desse monstro, e só digo isto: precisamos tentar nos livrar dele. Acho que fizemos o humanamente possível para cuidar dele e tolerá-lo. Ninguém pode nos fazer a menor das reprimendas."

"Ela tem razão, mil vezes", disse o pai para si. A mãe, que continuava sem conseguir respirar direito, começou a tossir, emitindo um som abafado com a mão, nos olhos uma expressão alucinada.

A irmã correu até a mãe, segurando sua testa. O pai, levado aparentemente pelas palavras da irmã, remoía certos pensamentos; sentou-se ereto, brincando com o quepe entre os pratos, que ainda estavam sobre a mesa desde o jantar dos inquilinos. Olhou longamente para Gregor, que permanecia imóvel.

"Precisamos tentar nos livrar dele", disse a irmã apenas para o pai, pois a mãe nada ouvia por causa da tosse, "isso ainda vai acabar matando vocês, já estou até vendo. Se precisamos trabalhar duro, como trabalhamos, não podemos mais aguentar esse tormento eterno. Eu também não aguento mais." Ela rompeu num choro tão convulsivo que suas lágrimas escorriam para o rosto da mãe, que as limpava com um movimento mecânico da mão.

"Mas, filha", disse o pai com compaixão e compreensão acima do normal, "o que devemos fazer?"

84

A irmã apenas deu de ombros, sinalizando sua desolação, adquirida durante o choro, tão diferente da segurança que a dominara antes.

"Se ele nos entendesse", disse o pai, meio que perguntando; a irmã sacudiu a mão com força, de dentro do seu choro, demonstrando que isso não tinha cabimento.

"Se ele nos entendesse", repetia o pai, fechando os olhos e assimilando assim a impossibilidade sinalizada pela irmã, "seria possível fazer um acordo com ele. Mas assim..."

"Ele tem que ir embora, pai", exclamou a irmã, "esse é o único jeito. Você tem só que se livrar da ideia de que ele é Gregor. Nossa infelicidade foi ter acreditado por tanto tempo que era ele. Mas como pode ser Gregor? Se fosse, já teria percebido há muito que a convivência de homens com um bicho desses não é possível e teria ido embora espontaneamente. Ficaríamos sem o irmão, mas poderíamos seguir vivendo, guardando sua lembrança. Mas assim esse bicho nos persegue, afugenta os inquilinos, parece querer ocupar a casa toda e que a gente durma na rua. Veja só, pai", gritou de repente, "ele está começando de novo!" E tomando um susto, incompreensível para Gregor, a irmã abandonou até a mãe, afastando-se explicitamente de sua cadeira, como se preferisse sacrificar a mãe a permanecer perto de Gregor. Apressou-se a ir para trás do pai, que, inflamado unicamente pelo comportamento dela, também se levantou, erguendo os braços pela metade como para protegê-la.

Mas não passava pela cabeça de Gregor assustar ninguém, muito menos a irmã. Ele tinha só começado a se virar a fim de ir para o quarto, o que chamava a atenção de todos, pois devido ao seu estado precário precisava da ajuda da própria cabeça nessa manobra difícil; assim, erguia a cabeça e batia com ela no chão diversas vezes. Controlou-se e olhou em volta. Parecia que sua boa intenção fora reconhecida; tudo não passara de um susto repentino. Agora todos olhavam para ele calados e tristes. A mãe reclinada em sua cadeira com as pernas esticadas e comprimidas uma contra a outra, os olhos semicerrados pela exaustão; o pai e a irmã sentados um ao lado do outro; a irmã colocara a mão em volta do pescoço do pai.

"Então já posso me virar", pensou Gregor, e recomeçou sua árdua tarefa. Não conseguia abafar os suspiros provocados pelo esforço despendido, precisando descansar de quando em quando. Aliás, ninguém fazia pressão, ele tinha que se virar sozinho. Assim que completou a volta, começou imediatamente a seguir em direção ao quarto.

Ficou surpreso com a imensa distância que o separava dele, sem entender como ele, fraco como estava, tinha percorrido a mesma distância há pouco, quase sem perceber. Sempre em frente, concentrando-se em rastejar depressa, mal notou que nenhuma palavra, nenhuma exclamação de sua família o haviam perturbado. Só quando chegou à porta virou a cabeça, não inteiramente, pois já sentia o pescoço duro de novo; de qualquer forma, percebeu que nada tinha mudado atrás de si, só a irmã se levantara. Seu último olhar recaiu sobre a mãe, que adormecera profundamente.

Mal ele adentrou o quarto, e a porta foi empurrada, fechada e trancada com pressa. O barulho repentino assustou tanto Gregor que suas perninhas se dobraram. Fora a irmã que se apressara desse jeito. Parada em pé, já esperando, deu um pulo ligeiro para a frente, Gregor nem a ouviu chegar, gritou para os pais um "até que enfim!", enquanto girava a chave na fechadura.

"E agora?", perguntou-se Gregor, olhando em volta no escuro. Logo descobriu que já não conseguia mais se mexer. Não ficou surpreso com isso, na verdade não lhe parecia natural ter conseguido movimentar-se com essas perninhas finas até agora. De resto, sentia-se relativamente bem. De fato, havia dores pelo corpo todo, mas achava que elas iriam enfraquecer e enfraquecer e que sumiriam por fim. A maçã apodrecida nas costas e toda a região inflamada ao redor, inteiramente cobertas por uma poeira suave, mal se faziam sentir. Lembrava da sua família com amor e emoção. A ideia de que ele precisava desaparecer era ainda mais decisiva para ele que para a irmã. Deixou-se ficar nesse estado de pensamentos vazios e amenos até ouvir o relógio da torre bater três horas da madrugada. Ainda pôde ver o clarear do dia pela janela. Então sua cabeça, alheia a sua vontade, pendeu por completo, e seu último suspiro fluiu débil pelas narinas.

De manhã, quando a faxineira entrou – batendo todas as portas com tanta força e pressa que ninguém na casa conseguiria continuar dormindo tranquilamente, mesmo que já tivessem pedido mil vezes a ela que evitasse fazer isso –, não encontrou em princípio nada de especial durante sua curta e usual visita a Gregor. Pensou que ele devia estar deitado ali imóvel de propósito, fingindo-se de ofendido; achava-o capaz de todo tipo de entendimento. Como por acaso tinha a vassoura nas mãos, dali de onde estava, perto da porta, tentou fazer cócegas em Gregor. Quando isso também fracassou, ficou aborrecida e o cutucou com mais força; só quando conseguiu empurrá-lo de sua posição sem resistência da parte dele é que ficou desconfiada. Ao entender afinal a situação, abriu bem os olhos, assobiou para si mesma e, sem mais demora, escancarou a porta do quarto de dormir, chamando em voz alta no escuro: "Vejam só, ele bateu as botas; está lá deitado, empacotou de vez!".

O casal Samsa ficou sentado na cama, tenso, tentando com grande dificuldade superar o susto causado pela faxineira, antes mesmo de assimilar a notícia. Em seguida o senhor e a senhora Samsa saíram da cama apressados, cada um pelo seu lado; o senhor Samsa jogou a coberta nos ombros, a senhora Samsa saiu só de camisola. Assim entraram no quarto de Gregor. Enquanto isso, a porta que dava para a sala, onde Grete dormia desde a chegada dos inquilinos, também se abriu; ela estava completamente vestida, como se nem tivesse dormido. Seu rosto pálido também parecia comprovar isso. "Morto?", disse a senhora Samsa, inquirindo com o olhar a faxineira, embora pudesse comprovar ela mesma e até sem prova daria para reconhecer. "É o que eu espero", disse a faxineira, empurrando o cadáver de Gregor com a vassoura um pouco mais para o lado, como prova. A senhora Samsa fez um movimento como se quisesse segurar a vassoura, mas recuou. "Então", disse o senhor Samsa, "agora podemos agradecer a Deus". Fez o sinal da cruz, e as três mulheres seguiram seu exemplo. Grete, que não tirava os olhos do cadáver, disse: "Vejam só como ele estava magro. Também já fazia tanto tempo que não comia. As refeições saíam do quarto do mesmo jeito que tinham entrado." De fato, o corpo de Gregor estava completamente plano e ressecado. Reconhecia-se isso somente agora, já que ele não se erguia mais sobre as perninhas e nada mais havia para distrair o olhar.

"Grete, venha um pouquinho até o nosso quarto", disse a senhora Samsa com um sorriso melancólico, e Grete foi atrás dos pais, mas antes olhou ainda uma vez para o cadáver. A faxineira fechou a porta e abriu totalmente a janela. Apesar de ser de manhã bem cedo, o ar fresco já se misturava com um pouco de ar morno. Afinal, já era fim de março.

Os três inquilinos saíram do quarto, procuraram surpresos pelo café da manhã. Tinham sido esquecidos. "Onde está o café da manhã?", perguntou o inquilino do meio, mal-humorado, para a empregada. Ela, porém, colocando o dedo sobre a boca, apenas acenou, calada e com pressa, indicando aos senhores que fossem até o quarto de Gregor. Eles foram, e ficaram parados em volta do cadáver de Gregor, as mãos nos bolsos dos paletós um tanto gastos, no quarto agora totalmente claro. Então a porta do quarto se abriu, e o senhor Samsa apareceu vestindo seu libré, a mãe em um braço, a filha no outro. Todos tinham chorado um pouco; Grete apertava o rosto no braço do pai.

"Sumam imediatamente da minha casa!", disse o senhor Samsa, apontando para a porta, sem soltar as mulheres. "O que o senhor quer dizer com isso?", indagou o senhor do meio, um pouco atordoado e sorrindo docemente. Os outros dois mantinham as mãos atrás das costas, esfregando-as sem parar, na feliz expectativa de uma briga enorme, que, porém, teria de acabar em seu favor. "Quero dizer exatamente o que eu disse", respondeu o senhor Samsa, avançando com suas duas acompanhantes para o inquilino. O inquilino ficou parado, olhando para o chão, como se as coisas em seu cérebro tivessem que ser reordenadas. "Pois então nós vamos", disse, como que acometido de uma humildade súbita, olhando para o senhor Samsa, quase pedindo uma nova autorização para essa decisão. O senhor Samsa limitou-se a assentir com olhos bem abertos, breve e repetidamente. Em seguida o homem foi mesmo a passos largos até a antessala; seus dois amigos ouviam obedientes, com as mãos tranquilas, já há algum tempo, e saltitaram atrás dele, como que temendo que o senhor Samsa entrasse na antessala antes deles, perturbando a conexão que tinham com seu líder. Na antessala, pegaram seus chapéus da chapeleira, tiraram suas bengalas do porta-bengalas, curvaram-se em silêncio e deixaram a casa. Com uma desconfiança que se mostrou infundada, o senhor Samsa foi até o hall de entrada com as duas mulheres; debruçados no corrimão, ficaram olhando os três senhores descendo, ainda que vagarosamente, sem interrupção, a longa escada, desaparecendo na curva de cada andar e reaparecendo depois de alguns instantes. Quanto mais desciam, mais o interesse da família Samsa por eles diminuía. Quando um aprendiz de açougueiro cruzou com eles e depois começou a subir, ereto, com a mercadoria na cabeça, o senhor Samsa e as mulheres abandonaram logo o corrimão, e todos voltaram, como que aliviados, para casa.

Decidiram tirar o dia para descansar e passear. Não só mereciam essa interrupção do trabalho como precisavam dela urgentemente. Então, sentaram-se à mesa e escreveram três cartas de desculpas: o senhor Samsa para sua gerência, a senhora Samsa para seu cliente, e Grete para seu superior. Enquanto escreviam, entrou a faxineira para avisar que ia embora, pois seu serviço matutino tinha acabado. Primeiro os três escreventes apenas acenaram, sem levantar o olhar. Só que a empregada parecia não querer sair do lugar, então ergueram o olhar, irritados. "E então?", perguntou o senhor Samsa. A faxineira permanecia parada à porta, sorridente, como se tivesse uma grande alegria para anunciar à família, mas só o faria se fosse perguntada. As pequenas penas de pavão do seu chapéu, quase completamente na vertical, que irritavam tanto o senhor Samsa durante todo o período de trabalho dela, balançavam levemente em todas as direções. "Então, o que é que a senhora quer?", perguntou a senhora Samsa, por quem a empregada tinha mais respeito. "Sim", respondeu a faxineira, e de tanto sorrir com simpatia nem conseguia continuar a falar, "sobre como remover a coisa ali ao lado, não precisam se preocupar. Já está tudo em ordem." A senhora Samsa e Grete se inclinaram sobre suas cartas, como se quisessem continuar a escrever. O senhor Samsa, que tinha percebido que a empregada queria começar a descrever tudo em detalhes, recusou com veemência, com a mão esticada. Como ela não podia contar, lembrou que tinha muita pressa e exclamou, visivelmente magoada: "Até logo para todos"; e, virando-se com rebeldia, deixou a casa, batendo furiosamente a porta.

"À noite ela será despedida", falou o senhor Samsa, mas não recebeu resposta nem da mulher nem da filha, pois a faxineira parecia ter perturbado outra vez a paz recuperada há pouco. As duas mulheres se levantaram, foram até a janela, permanecendo ali abraçadas. O senhor Samsa virou sua cadeira na direção delas e ficou um tempinho olhando-as calado. Então chamou: "Pois, venham para cá. Deixem de lado por fim as velhas coisas. E tenham alguma consideração por mim". Logo as mulheres obedeceram, correndo até ele, fazendo carinho, e terminaram depressa suas cartas.

Em seguida saíram os três juntos – o que já não faziam há meses – e tomaram o bonde elétrico até o campo, nos arredores da cidade. O vagão, onde sentavam sozinhos, estava completamente banhado pelo calor do sol. Reclinados em seus assentos, discutiam com toda a calma suas perspectivas para o futuro, e analisando de perto descobriram que elas não eram nada más. Nem tinham se perguntado até agora, mas todos os três empregos eram oportunos e especialmente promissores mais para a frente. A principal melhora na situação do momento viria naturalmente por conta da mudança de casa. Almejavam uma casa menor e mais barata, mais bem localizada e acima de tudo mais prática do que a que tinham até então, escolhida por Gregor. Enquanto conversavam assim, o senhor e a senhora Samsa repararam ao mesmo tempo, olhando para a filha – que a olhos vistos ficava cada vez mais animada –, que ela, apesar de toda a sua dedicação nos últimos tempos, que até empalidecera suas faces, tinha desabrochado numa bela e robusta garota. Calados, através de olhares cúmplices, pensaram quase sem se dar conta que já era tempo de procurar um bom homem para ela. E, quase como uma confirmação de seus novos anseios e boas intenções, ao chegar ao destino do passeio a filha levantou-se primeiro, alongando seu corpo jovem.

Este livro foi impresso pela Gráfica Grafilar
em fonte Absara sobre papel Pólen Bold 90 g/m²
para a Via Leitura na primavera de 2023.